KB102000

톱스타
이건우

톱스타 이건우 4

크레도 장편소설

초판 1쇄 찍은 날 § 2017년 11월 20일
초판 1쇄 펴낸 날 § 2017년 11월 27일

지은이 § 크레도
펴낸이 § 서경석

총괄팀장 § 최하나
편집책임 § 이선근
편집 § 김슬기

펴낸곳 § 도서출판 청어람
등록번호 § 제387-1999-000006호
등록일자 § 1999. 5. 31
어람번호 § 제1-2801호

주소 § 경기도 부천시 부일로 483번길 40 서경B/D 3F (우) 14640
전화 § 032-656-4452 팩스 § 032-656-4453
http://www.chungeoram.com
E-mail § chungeorambook@daum.net

ISBN 979-11-04-91548-2 04810
ISBN 979-11-04-91462-1 (세트)

크레도 장편소설
FUSION FANTASTIC STORY

톱스타 이건우

4

청어람

Contents

1. 뛰는 녀석들

건우는 오글거리지만 신으로 불리고 있었다. 외모, 연기력, 가창력의 삼신기를 소유한 끝판왕이었다. 이제 그 누구도 부정할 수 없는 사실이 되어 대세 스타로 우뚝 올라섰다. 기행으로 유명한 레이디 라라가 SNS로 언급하면서 또 한 번 화제가 되기도 했다.

　그녀가 자신의 SNS에 정장을 입고 있는 건우의 사진을 올리자 해외 여기저기로 퍼져 나갔다.

　그녀 외에도 해외의 유명인 SNS에 건우가 자주 언급이 되었다.

'건우의 위엄'이라는 제목으로 여러 커뮤니티에 올라왔는데, 아직까지 현재 진행형이었다.

건우는 그런 것들에 큰 의미를 부여하지 않았다. 해외의 누군가가 자신에게 호감을 보인다고 해서 특별하게 신경 쓸 부분이 없었다.

현재의 일에 모든 신경을 쏟아붓는 것이 옳았다.

'별을 그리워하는 용'은 첫 방송부터 시청률 17.6%에 이르렀다. 그 후 거침없이 상승해 2화에서는 20.1%를 달성했다. 케이블 드라마로서는 역대 최고의 기록이었다. 동시간대의 공중파 드라마와 비교해도 높은 수치였다. 불과 2화밖에 방영되지 않았지만 건우가 극 중에 입고 나왔던 옷들이 품절되는 등, 벌써부터 이건우 열풍이 시작되었다.

건우는 이제 그런 인기를 절실하게 실감했다. 달빛 호수 때만 해도 맨 얼굴로 돌아다녔는데, 지금은 그럴 수가 없었다. 순식간에 사람들이 몰려들어 불편할 정도가 되었다. 지하철이나 버스도 다른 사람들에게 민폐를 끼쳐서 더 이상 이용할 수 없었다.

마스크를 써도 귀신같이 알아보고 접근하는 이들이 많았다. 건우가 마스크를 쓰고 외출하는 사진들이 인터넷에 올라왔는데, 딱 봐도 건우로 보이기는 했다.

떠오르는 스타였던 건우는 이제 완전한 대세가 되어 있었다.

물이 들어올 때 노를 저으라고 했다.

건우는 단독으로 예능 출연을 하기로 했다. 본래 지윤, 그리고 동진과 같이 드라마 홍보차 토크쇼에 나가려 했지만 스케줄이 맞지 않아 혼자만 따로 예능에 출연하기로 한 것이다. 동진과 지윤에게 미안한 마음도 있고, 믿어준 PD와 스태프들을 위해 출연하기로 결정한 것이다.

많은 제안 중에서 건우는 '뛰는 녀석들'에 출연하기로 했다. 황금태양 논란으로 건우의 이미지가 추락했을 때도 꾸준하게 연락이 왔던 곳이었다. 그것이 출연을 결심하는 데 아주 크게 작용했다.

＊　　　　＊　　　　＊

"어때? 좀 떨리냐?"

"뭐, 첫 예능 출연도 아니잖아?"

"하기야, 마스크 싱어에서 끝판왕을 찍고 왔으니……."

건우의 말에 승엽은 고개를 끄덕이며 말했다.

뛰는 녀석들에 출연하기 위해 건우는 일산에 있는 드라마 세트장으로 가고 있었다. 그곳에서 첫 미션을 수행한다고 한다. 뛰는 녀석들은 약간 유치할 수도 있는 내용이었지만 인기가 상당했다. 각 장소에서 미션을 풀고 최종적으로는 등에 달린 이름표를 떼는 게임이었다.

요즘에는 조금 주춤하는 기세였지만 1년 전까지만 해도 동시간대 최고 시청률을 자랑했다. 최근에는 해외에 포맷을 수출해 큰 이득을 봤다고 한다. 건우도 과거에 즐겨봤던 프로그램이었다.

"나 좀 잔다."

"오냐."

건우는 눈을 감고 내부를 관조했다. 뛰는 녀석들에 출연한 것은 다른 예능과는 다르게 열심히 육체를 움직여야 한다는 점이 마음에 들었기 때문도 있었다. 토크쇼도 괜찮지만 건우의 성향과는 맞지가 않았다. 건우는 몸 상태를 최상으로 유지하기 위해 내력을 돌렸다.

석준의 충고가 떠올랐다.

'기왕 나가는 거 이미지 관리 잘해라. 이미지라는 것이 한번 머리에 박히게 되면 잘 지워지지가 않거든. 특히 배우는 조심해야 해.'

멋지고 신비롭고 운동도 잘하는, 그런 모습을 보여줄 작정이었다. 머리를 쓰는 모습도 보여주면 더욱 좋을 것이다. 예능이었지만 연기의 연장이라고 볼 수 있었다. 순수하게 즐길 수 없겠지만 일이라는 것이 다 그랬다.

'별을 그리워하는 용'의 이신성보다는 조금 더 다정한 느낌으로 나가는 것도 나쁘지 않을 것 같았다.

이제는 생각하는 것만으로도 자연스럽게 내력이 돌며 연기를 할 수 있게 되었다. 신검합일의 경지와 비슷하다고 해도 무방했다. 내력도 어느새 20년이나 쌓였다. 엄청난 성장 속도였다. 건우는 이대로 배우로서 성장해 나간다면 적어도 3년 이내에 일 갑자에 이를 것임을 확신했다.

오프닝 촬영 시간보다 일찍 드라마 세트장에 도착했다. 건우도 이곳에서 촬영했던 기억이 있었다. 70년대의 건우와 대원 그룹 회장의 과거 이야기를 보여주며 짧게 등장했는데, 촬영 당시 건우는 그 시대에 맞는 옷을 입고 있었다.

그런데, 건우가 입었던 옷이 이상하게도 인기를 끌어 요즘 트렌드로 자리 잡았다.

인터넷 쇼핑몰에 가면 비슷한 분위기의 옷들이 메인에 걸려 있었다. 특히 건우가 썼던 복고풍 선글라스는 없어서 못 팔 지경이라 한다.

물론 건우 이외에 소화할 수 없는 옷과 아이템이라는 평가가 대부분이기는 했다.

아직도 스타일리스트나 코디가 챙겨주는 옷을 입고 다니는 건우가 패션의 선구자가 되어버린 기이한 현상이었다.

드라마 세트장에 도착하자 제작진이 나와 있었다. 바로 자신을 찍기 시작하는 카메라가 보였다.

PD의 모습도 보였다.

나인석 PD로 대한민국에서 가장 유명한 예능 PD 중 하나였다. 곧 종편으로 이직을 한다는 소문이 있었다.

"바로 시작하는 건가요?"

"네, 지금부터 시작입니다."

"진짜 리얼이네요."

건우가 나타나자 약간의 소란이 있었다. 뛰는 녀석들의 작가들이 호들갑을 떨어댔다.

그런 반응은 마스크 싱어에서 충분히 단련되어 있기에 어색하거나 그러지는 않았다.

PD는 건우를 어느 구석진 건물로 데려왔다. 조금 음습해 보였는데, 비밀 이야기를 하기에는 딱 좋았다.

"이건우 씨, 뛰는 녀석들에 오신 것을 환영합니다."

"감사합니다."

PD가 미션 카드를 건네주었다. 미션 카드의 뒷면에는 용이 그려져 있었다. PD가 읽어달라고 하자 건우는 살짝 웃고는 카드에 적힌 내용을 읽기 시작했다.

"당신은 이무기 가운데 용입니다. 용과 이무기는 함께할 수 없습니다. 각 지역의 숨겨진 미션을 클리어해서 스파이와 접선하십시오."

"네, 멤버들 사이에 숨어 있는 스파이에 대한 힌트를 저희가 드릴 겁니다. 스파이도 현재 자신이 스파이인 것을 모르는 상태인데, 미션을 클리어하면 저희가 드린 힌트로 건우 씨가 스파이가 누구인지 알 수 있습니다."

"클리어하지 못하면요?"

"스파이 없이 최종 라운드에 임하셔야 합니다."

미션이란 것을 클리어하면 스파이가 건우를 도와주는 모양이었다.

건우가 멤버들을 잘 속여 우승을 차지하면, 우승 상품을 차지할 수 있었다. 만약 건우가 용인 것을 들키거나 이름표를 뜯겨 탈락하게 된다면 뛰는 녀석들이 승리하게 되는 형식이었다.

PD는 건우에게 슬쩍 우승 상품을 보여주었다.

"오, 금인가요?"

"네, 건우 씨가 금을 좋아하신다는 소문을 들었습니다."

"하하, 금은 변하지 않으니까요."

메달에 작게 금 조각이 붙어 있었는데 총 다섯 개였다. 멤버들의 숫자에 맞춘 모양이었다.

"스파이를 찾지 않아도 되나요?"

"네?"

"찾지 않고 이겨도 괜찮죠?"

"그, 그래도 됩니다만 힘드실걸요?"

건우는 PD의 말에 미소를 지었다. 유난히 맑아 보이는 미소가 카메라에 담겼다.

건우는 이 이야기를 단순하게 이해했다. 어쨌든 마지막에는 뛰는 녀석들의 메인 콘텐츠인 이름표 떼기를 할 것이니 모두 다 떼어버리면 되는 것이다.

스파이를 찾든 못 찾든 이기기만 하면 금을 획득할 수 있으니 말이다.

'유치하긴 한데, 재미있겠네.'

오랜만에 승부욕이 생겼다. 목표도 뚜렷하고 상품도 있으니 더할 나위 없이 좋았다.

오프닝 시간이 되었다. 뛰는 녀석들은 국민 MC인 유진식을 중심으로 진행하는 프로그램이었다. 과거 90년대에 유명한 그룹인 '부스터'의 메인 보컬이자 요즘은 근육남의 상징이 된 김동국이 든든하게 옆을 받쳐주었고, 힙합 가수 출신인 하동과 모델 출신 연기자 이진수가 감초 역할을 했다. 그리고 유일한 홍일점인 여배우 지유가 있어 제법 유쾌하고 산뜻한 분위기 속에서 진행되는 편이었다.

건우는 건물 뒤에 숨어 있었다. 보통 게스트가 누구인지 사전 고지가 될 텐데, 뛰는 녀석들은 리얼함을 위해 누구인지 알려주지 않았다.

건우는 숨어서 오프닝을 지켜보았다. 그런 건우를 찍는 카메라가 무척이나 많았는데, 이제는 카메라가 너무 익숙해져서 일상생활을 하다가도 카메라에 찍히는 구도를 생각할 정도였다.

뛰는 녀석들의 멤버들이 자연스럽게 모였다.

"오늘은 유난히 일찍 시작하네? 야, 동국, 너 덩치가 더 커졌다?"

"아, 뭐… 좀 신경 쓰고 있어서요. 근데 왜 이렇게 일찍 불렀대요?"

"나도 몰라."

"음, 이 정도면 특급 게스트 나오는 거 아닌가요? 봐요. 여기 드라마 세트장이고……."

동국의 말에 유진식이 고개를 끄덕였다. 유진식은 잠시 동국의 말을 고민하다가 하동의 패션을 보고 빵 터졌다.

"야, 너 그게 뭐냐! 뭔 거지꼴이야."

"거지라뇨. 이게 요즘 핫한 룩인데."

"피난 왔냐? 선글라스는 그게 또 뭐야. 와, 진짜 촌스럽네."

"이거 몰라요?"

하동의 말에 옆에 있던 키가 큰 진수가 비웃었다. 지유도 마찬가지였다.

"쪽팔리니까 절로 가라."

"송지유, 내가 키워줄까? 빨래 잘하냐?"

"아오, 오빠 그런 거 따라하지 말라니까!"

"멋짐이란 힘든 거구나."

'별을 그리워하는 용'에서 나온 건우의 대사를 따라한 하동이었다. 건우는 모든 것을 듣고 있었는데, 기분이 좋았다. 아무튼 드라마가 잘되고 있다는 증거였기 때문이다.

잠시 대화가 이어졌다.

유진식이 PD를 바라보며 물었다.

"여기 왜 모인 긴가요?"

"네, 과거로 잘 오셨습니다. 지금부터 여러분은 이무기의 저주를 받아 늙지 않게 되었습니다."

PD의 능청스러운 말에 유진식을 포함한 멤버들이 어이가 없다는 듯 그를 바라보았다. 그러다가도 금세 몰입했다.

"내가 늙지 않는다고? 혹시 그럼 난……?"

하동이 특히 심했다. 그러나 하동의 오글거리는 연기에 아무도 반응하지 않았다.

"여기서 미션을 수행하여 다음 장소의 힌트를 얻으셔서 이동하시면 됩니다. 여기 일산 세트장은 시대별로 나눠져 있는 것이 특징입니다. 모든 힌트를 모아 오시면 현대 시대의 최종 장소에 도달하실 수 있습니다."

"무슨 말인지는 알겠는데, 저희끼리 해요?"

동국이 그렇게 말했다. 멤버들끼리 하는 것치고는 스케일이 컸다. 동국의 말에 유진식을 포함한 모든 멤버들이 PD를 바라보았다. PD는 의미심장한 미소를 지었다.

"오늘 게스트는 정말 어렵게 모셨습니다."

"오! 누구? 여배우?"

"여배우 맞죠?"

하동과 이진수가 PD의 말에 흥분하며 말했다. PD는 표정 관리를 했다. PD가 손을 들자 어디선가 음악 소리가 들려왔다.

유진식의 눈동자가 커졌다. 알고 있는 음악이었기 때문이다.

"이 음악은 그건데……! 요즘 제일 핫한……."

"어? 나도 알아요. 헬스장에서 들었어요."

동국도 아는 모양이었다. 하동과 이진수는 호들갑을 떨기 시작했다. 송지유도 기대에 부풀어 올랐다. 이 음악은 '별을 그리워하는 용'의 오프닝 배경음악이었다. 드라마를 안 본 이들도 한 번쯤은 들어봤을 것이다.

"설마……."

"설마 나오겠어?"

유진식과 동국은 고개를 설레 저었다.

음악이 최고조에 이르렀을 때 건우가 건물 뒤에서 나왔다. 조금 연기를 섞으며 걸었는데, 드라마 오프닝처럼 걷는 모습은 상당히 비현실적이었다. 모든 멤버들이 숨을 쉬는 것조차 잊은 채 건우를 바라보았다.

그러다가.

"대박! 와, 여배우보다 더 좋아! 마이 워너비! 갓건우!"

하동이 건우를 향해 달려들었다. 동국이 하동의 몸을 잡으며 옆으로 내동댕이쳤다. 그러면서 웃으며 다가왔다.

"오! 건우신! 반가워요, 난⋯⋯."

"내 동생! 건우 왔구나."

"아니, 누가 형 동생이야? 이 형, 다 아는 척하네?"

동국의 말을 끊은 것은 유진식이었다. 유진식은 마치 건우와 10년은 만난 사이처럼 고개를 끄덕이며 다가와 포옹했다. 건우는 조금 어색했지만 웃으면서 유진식을 끌어안았다.

"꺄악! 어떡해. 진짜야."

멍하니 바라보던 송지유도 달려왔다.

"아니, 진식이 형! 떨어져요. 귀하신 몸 다칠라."

"이진수 너 모르면 가만히 있어라. 내가 건우랑 얼마나 친한데."

"참나⋯⋯."

모두가 건우의 주위를 둘러싸고 건우를 만져댔다. 건우는 그들 사이에서 가히 군계일학이었다. 아니, 아예 비교가 불가능하다고 보면 되었다. 그나마 동국이 괜찮은 비주얼을 지니고 있었지만 건우 옆에 서니 종족이 달라 보였다.

"자! 오늘의 게스트, 이건우 씨가 오셨습니다!"

짝짝짝!

유진식이 노련하게 진행했다. 건우는 자신에게 향하는 시선에 미소 지으며 입을 떼었다.

건우가 미소 짓자 작가들 쪽에서 난리가 났다. 유진식이 그 모습을 보고 한 소리를 했다.

"안녕하세요? 배우 이건우입니다. 잘 부탁드립니다."

건우가 젠틀하게 인사했다. 환호가 뒤따라왔다. 유진식의 배려로 건우가 가운데에 섰다. 하동이 아주 멀찍이 떨어져 있었는데 그것을 본 동국이 피식 웃으면서 하동을 건우 옆에 붙였다.

"야, 너 진짜 못생겼다."

"형, 진짜 못생겼어요."

유진식과 이진수가 동시에 그렇게 말하자 하동이 어색한 표정을 지으며 얼굴을 가리며 건우와 최대한 거리를 벌렸다.

건우는 그냥 깔끔한 복장이었는데, 우스갯소리로 건우의 코디가 가장 편한 꿀 직업이라는 소리가 있었다.

쓰레기봉투를 가져다가 입혀도 소화할 것이라는 의견 때문이었다.

"그럼 게임을 통해 팀을 나누겠습니다."

PD의 말이 이어지고 간단한 게임을 했다. 멤버들은 건우와 팀을 하려고 아우성이었다. 보통 남자 게스트가 나온 경우에는 팀 선택에서 외면받는 일도 있었지만 건우에게는 해당되지 않았다.

건우와, 유진식, 그리고 송지유가 한 팀이었고 다른 팀은 김동국과 하동, 이진수였다.

유진식이 씨익 웃으며 동국을 바라보았다.

"그럼 우리는 잘생긴 팀이네."

"참나, 그쪽도 거기서 완전 오징어인데."

"뭐라고? 너도 여기 서봐라."

유진식의 말에 동국이 어이없다는 듯한 표정이었다. 유진식과 건우가 나란히 서 있는데, 너무나 선명하게 대비가 되었다. 송지유가 그 모습을 보며 감탄할 정도였다.

"송지유, 너 왜 웃냐."

"흑백의 대비랄까 그런 게 있어서요. 오빠, 지금 진짜 장난 아니야. 찍어서 보여줄까?"

"나도 알거든!"

건우와 송지유의 눈이 마주쳤다. 여배우치고는 꽤나 남자 같은 성격을 지니고 있었는데, 건우와 눈이 마주치자 소녀 같은 표정으로 변했다.

"와, 지유 누나 봐. 가식적이다."

"닥쳐."

이진수의 말에 살짝 반응해 준 지유가 다시 건우를 바라보며 웃었다.

"건우 씨, 잘해봐요."

"잘 부탁드립니다. 선배님."

"선배는 무슨… 그냥 이름으로."

송지유가 그렇게 말하자 동국이 끼어들었다.

"나도 그냥 동국이라 불러."

동국의 말에 건우는 난감한 표정이 되었다. 동국이 배우는 아니었지만 어찌 되었든 까마득한 선배였다.

배려를 해준 덕분에 분위기가 확실히 편했다. 뛰는 녀석들을 촬영할 때는 어떤 게스트든 모두 선배나 후배 같은 명칭을 떼고 형 동생으로 불렸다. 건우도 당연히 그 대열에 동참했다.

만난 지 한 시간도 되지 않아 그들과 형 동생 사이가 되었다.

"그럼 복장을 갈아입고 모여주세요."

PD의 말에 잠시 카메라가 쉴 틈이 생겼다. 건우는 유진식과 동국을 따라 준비되어 있는 탈의실로 향했다.

"이야, 건우, 너 진짜 잘생겼네. 저번 시상식 때도 느꼈지만 진짜 사기다, 사기. 요즘 나 황금태양 노래만 듣잖아. 앨범 안 내냐? 앨범 내면 바로 살게."

"감사합니다. 앨범은 음, 잘 모르겠네요."

"그래? 근데 어떻게 그렇게 감쪽같이 속였대? 어휴."

건우는 유진식의 말에 웃을 뿐이었다. 건우는 탈의실에서 자신의 이름표가 붙어 있는 옷을 찾을 수 있었다. 그게 신기해서 몇 번 떼었다 붙여보았다.

떼는 느낌이 중독성이 있었다. 드라마 촬영장과 어울리는 복고풍의 옷이었다. 건우가 상의를 탈의하고 옷을 갈아입으려 할 때였다.

"건우 봐, 몸 미쳤다. 와! 완전 만화인 줄. 동국이 형! 건우 좀 봐요!"

하동이 건우의 몸을 보고는 그렇게 말하자 옷을 갈아입던 동국이 건우에게 다가왔다.

건우의 몸은 완벽 그 자체였다. 현대인들이 일반적으로 트레이닝을 해서 만들 수 있는 몸과는 차원을 달리했다. 가장 실용적이면서 이상적인 근육의 형태였다. 조각을 해놓은 것처럼 아름답다는 말은 바로 건우의 몸을 위해 나온 말같이 느껴졌다.

동국은 오랜 기간 동안 몸을 만들었기에 건우가 평범한 몸이 절대 아님을 알 수 있었다.

평생 운동을 해도 만들 수 있을까 깊은 고민을 하게 만드는 몸이었다.

동국은 감탄하면서도 고개를 설레 저었다.

"진짜 장난 아닌데. 이렇게 만들려면 엄청나게 고생했을 텐데… 식단 조절도 철저히 하고. 무섭게 느껴질 정도야."

"근육이 좀 잘 붙는 체질이라서요."

"내가 딱 원하는 몸인데. 그러고 보니 너 무술했다고 했지? 어디서 운동하니?"

"보통은 집에서 하구요. 가끔 산도 타고 그래요."

동국의 눈이 반짝였다. 같이 운동하자는 눈빛이었다. 그가 허겁지겁 핸드폰을 꺼내 오자 건우는 자신의 번호를 찍어주었다. 그러자 유진식을 포함한 모두가 건우의 번호를 받아갔다.

하동이 건우를 바라보다가 외치기 시작했다.

"건우 나랑 같은 팬티다! 나의 소울 메이트!"

"나도 그거 있어! 집에."

유진식도 거들었다. 건우는 평소에 TV에서 보던 모습과 하나도 다름이 없는 것을 보고 웃음이 새어 나왔다. 옷을 갈아입자 본격적으로 촬영이 시작되었다.

등에 붙은 이름표가 의식되었다. 최종 장소가 아니면 이름표를 떼도 탈락하는 게 아니었지만 그래도 약점이라고 생각하니 의식이 그리로 쏠렸다.

세트장 안으로 들어섰다. 세트장 안에는 많은 사람들이 있었다. 보조 출연을 대거 기용했는지 옛날 옷을 입고 돌아다니는 사람들이 많이 보였다.

'스케일이 큰데?'

그 시대 안에 들어와 있는 것 같았다. 드라마의 보조 출연진들보다는 분장과 복장이 떨어지기는 하지만 이렇게 사람이 많이 동원되니 오히려 드라마 촬영 때보다 몰입이 더 쉬운 것 같았다.

건우 담당 카메라가 따라붙었다. 각 멤버마다 카메라맨이 붙어 있었다.

"가자! 건우야. 이번에는 우리가 우승한다."

"오늘 상품 봤죠? 예전이랑 완전 질이 다르던데."

"힘 좀 썼나 보더라."

유진식과 지유는 남매처럼 친해 보였다. 건우와 같은 편이었기 때문에 건우는 그들과 함께 이동했다. 유진식은 건우를 볼 때마다 감탄했다. 지유도 마찬가지였다.

"건우 혼자 다른 세상에 있는 것 같은데?"

"오빠, 건우주신이잖아요."

자신을 치켜세워 주는 말이 이제는 어색하게 느껴지지 않았다. 하도 들어서 질리기까지 했다.

"건우야, 네가 동국이를 맡아줘."

"동국이 형이요?"

"그래, 오늘이야말로 설욕해야지."

유진식의 말에 건우는 고개를 끄덕였다. 확실히 오랜 시간 동안 몸을 만들고 단련해 온 김동국을 일반인이 이길 수는 없었다. 그러나 건우는 순수한 힘 대결이라고 해도 절대 지지 않을 자신이 있었다.

지유가 걱정스러운 눈으로 건우를 바라보았다.

"건우야, 괜찮겠어?"

"노력해 봐야죠."

건우가 미소를 지으며 말하자 지유가 고개를 끄덕였다. 미션 장소를 찾아다니며 꽤 많은 대화를 나눴다. 그러는 동안 상당히 친해져서 이제는 어색함이 없었다.

"오! 저기다! 못생긴 팀도 있네."

첫 미션 장소가 보였다.

이미 다른 팀이 도착해 있었다. 여유롭게 온 건우의 팀과는 달리 필사적으로 이기겠다는 마음으로 달려온 것 같았다. 동국을 포함한 하동과 이진수의 얼굴이 엉망이었는데 뭔가 끔찍한 것들을 먹고 있는 것 같았다.

가서 보니 역시 미션 현장이었다.

30여 개의 맛있는 음식이 있는 접시들을 빠르게 테이블 위에 놓는데, 그 순서를 맞추는 것이 미션이었다. 못 맞추게 되면 고추냉이가 든 만두를 먹어야 했다.

"건우야, 만두 좀 먹어봐라. 맛있다. 흐흐."

하동은 이미 정신을 놓은 것 같았다.

철저히 팀전이라서 한 명이 실패해도 모두 다 고추냉이 만두를 먹어야 했다.

"제가 먼저 할게요."

건우가 먼저 나섰다. 유진식과 지유는 불안한 표정이 되었다. 건우는 분명 사기 캐릭터에 가까웠지만 머리를 쓰는 모습을 보여준 적이 단 한 번도 없었다.

상식적으로 따져 봐도 외모, 연기, 가창력이 모두 엄청난데, 솔직히 머리가 일반적인 수준이라고 해도 전혀 흠이 되지 않을 것이다.

유진식이 테이블 앞에 선 건우를 보며 입을 떼었다.

"이야, 여기서 건우가 한 번에 성공하면 진짜 난리 나겠는데."

"아니, 사람이 그렇게 완벽할 수는 없죠."

동국이 유진식의 말을 거들며 건우를 지켜보았다.

건우는 별다른 긴장감이 없었다. 오히려 고추냉이 만두라는 것을 먹어보고 싶었다. 어떤 맛일지 호기심이 강하게 들었기 때문이다. 그렇다고 해서 일부러 틀리거나 하지는 않을 작정이었다.

따끈따끈한 고추냉이 만두가 먼저 테이블 위에 올라왔다. 딱 봐도 엄청난 양이 들어간 것으로 보였다. 만두의 색깔이 이상했다.

"2번의 기회를 드립니다. 2번 다 틀리시면 잘생긴 팀 전원이 저 만두를 드셔야 합니다."

스태프가 그렇게 말했다. 건우는 미소를 지웠다. 진지한 표정으로 스태프를 바라보며 고개를 끄덕였다. 그 박력에 스태프가 침을 꿀꺽 삼켰다.

"오, 완전 드라마다."

"건우, 내 동생!"

"거기 못생긴 팀은 좀 조용히 하죠?"

하동과 동국의 말에 유진식이 째려보며 말했다.

접시가 테이블에 빠르게 올라오가 시작했다. 건우는 집중해서 바라보았다. 대본을 한 번만 봐도 외울 정도니 건우에게 이 정도 암기는 아무것도 아니었다. 30여 개에 달하는 접시가 순식간에 테이블에 펼쳐졌다. 접시가 나온 순서대로 재배열을 해야 했다.

건우가 망설이 없이 바로 손을 뻗을 때, 지유가 조금 걱정되는 듯 건우의 손을 잡았다.

"침착하게 해."

"오올! 손 잡았대요~"

지유가 그렇게 말하자 이진수가 옆에서 깐죽거렸다. 그러나 건우는 고민할 것도 없이 바로 접시를 옮겼다.

척! 척! 척!

딜레이도 없이 마치 답안을 보고 하는 것처럼 순식간에 30여 개의 접시를 순서대로 정렬했다. 답을 검토하는 스태프가 오히려 당황한 듯 허둥거리며 찍어놓은 정답 사진을 바라보았다.

"저, 정답입니다!"

"와아아!"

정답이라는 말이 들리자 모든 멤버가 감탄했다.

"와, 건우 되게 똑똑하네? 한 번에 다 놨어."

"뇌섹남이다, 뇌섹남."

지유의 말에 하동이 그렇게 말했다. 너무 쉽게 맞추자 제작진에서 회의에 들어갔다.

본래는 여기서 만두 좀 먹고 힌트를 빌미 삼아 다른 곳으로 돌리려고 했던 것이다. 그리고 건우가 망가지는 모습을 찍는 것도 목적이었다.

유진식이 득의양양한 표정을 지으면서 손을 뻗었다.

"빨리 힌트 주시죠."

"잠시만요. 제작진 측에서 제안이 있습니다."

제안이라는 말에 건우가 제작진을 바라보았다.

"35개 접시를 1분 안에 놓으시면 다음 장소의 힌트를 더 드리겠습니다. 못 맞추시면 이번 게임은 건우 씨를 제외하고 진행하는 것으로……."

"에이, 됐어요."

지유가 더 들을 것도 없다는 듯 고개를 저으며 말했다. 건우는 가만히 듣고 있다가 김이 모락모락나는 고추냉이 만두를 바라보며 입을 떼었다.

"제가 맞추면 만두를 여기 스태프분들이 드시는 건 어떨까요?"

"오, 그거 좋다!"

"이야, 건우 패기 봐라! 역시 내 의동생 건우답다."

건우의 말에 유진식과 하동을 포함한 모두가 동의했다. 제작진은 조금 상의를 하다가 건우의 제의에 승낙했다.

제작진 측에서는 접시 제조에 들어갔다. 이전보다 난도를 확 올렸는데, 색깔과 모양이 비슷한 접시가 다수 등장했다. 슬쩍 몰래 살피고 온 유진식이 고개를 설레 저었다.

"와, 저것들 완전 사기꾼이야. 그냥 봐도 모르겠는데. 야! 솔직히, 연두부랑 두부를 나누는 건 좀 아니잖아!"

"이미 게임을 진행하신다는 결정을 하셨으니 번복은 하실 수 없습니다."

PD가 직접 발언했다. 제작진에서는 의기양양해 있었다. 조금 악랄할 정도로 비슷한 재료들을 섞었다.

다시 게임이 시작되었다. 스태프가 엄청 빠른 속도로 접시를 테이블 위에 올렸다. 거의 동시에 올라간 것처럼 보이는 것들도 있을 정도였다.

"야! 이 사기꾼들아!"

"사기꾼! 물러나라!"

유진식과 지유가 발끈하며 외쳤다. 건우는 그런 와중에도 집중하며 접시를 바라보고 있을 뿐이었다. 게임을 무르려는 지유의 모습에 건우는 웃으며 지유를 바라보았다.

"한번 해볼게요."

"어? 으, 응."

지유는 발끈하며 외치다가 건우의 말에 조신하게 뒤로 물러났다. 스태프가 초시계를 들자 건우의 손이 과감하게 움직이기 시작했다. 건우는 망설임이 없었다. 그냥 마구 옮기는 것처럼 보일 지경이었다.

빠르게 속도를 내면 순식간에 마칠 수 있었지만 건우는 적당히 조절했다. 그럼에도 불구하고 30초도 되지 않아 접시를 순서대로 정렬시켰다.

"와, 대박."

"진짜로 한 거야?"

멤버들처럼 제작진 측에서도 믿기 힘들다는 표정이 되었다. 건우를 제외한 멤버들이 긴장한 표정으로 제작진을 바라보았다. 제작진이 술렁거렸다. 답안과 맞춰보고는 탄성을 내지르는 이들도 있었다.

"네, 이건우 씨. 21.3초의 기록으로 서, 성공입니다."

"우아아아!"

"대박!"

잘생긴 팀은 물론 못생긴 팀까지 신이 나서 건우를 껴안았다. 항상 제작진에게 당하기만 했는데, 건우가 아주 통쾌하게 갚아준 것이다.

PD를 포함한 주요 스태프들이 부들부들 떨리는 손으로 고추냉이 만두를 먹기 시작했다.

그들의 말대로 번복은 불가능했다.

"억!"

"커헙!"

고추냉이를 뿜는 이들도 있었다.

"아니, 이걸 우리에게 먹이려고 했단 말이야?"

"와, 못됐다."

유진식과 지유의 말대로였다. 고추냉이가 고기보다 많이 들어가 있는 것 같았다.

PD는 얼굴이 새파랗게 변해 물 한 통을 다 비웠다. 원망하듯 건우를 바라보았지만 건우는 밝은 미소를 보여줄 뿐이었다. 원망하는 마음이 눈 녹듯이 사라지는 기이한 경험을 한 PD였다.

"그럼 힌트를 드리겠습니다."

최종 장소에 대한 힌트를 줬고 건우에게는 따로 스파이에 대한 힌트를 주었다. 첫 힌트는 '선배'였다. 선배라면 범위가 너무 넓었다.

'다 선배인데.'

배우로만 따진다면 송지유와 이진수 정도였지만 건우는 가수라고 해도 무방했기에, 김동국이나 하동도 포함되었다. 그리고 연예계 선배인 유진식도 해당이 되기는 했다.

실제로 건우는 유진식을 처음 봤을 때 선배라고 불렀다.

'누구든 상관없겠지.'

어쨌든 다 떼어버리면 그만이니 말이다. 그래도 열심히 하는 모습을 보여줘야 하니 스파이를 찾긴 찾아야 했다. 누가 스파이든 상관없었다.

건우의 팀은 빠르게 움직이며 미션을 하러 돌아다녔다. 미션을 하러 가는 중간에 대화를 나누는 것도 재미가 있었다. 자연스럽게 뛰는 녀석들 내에서 능력자라고 알려진 김동국과의 대치 구도가 형성되었다.

건우는 빠르게 미션을 해결하기 시작했다.

두 번째 미션은 다트 던지기였다. 제작진에서 다트를 잘 던지는 카메라 감독이 상대였다. 한 명이라도 카메라감독을 꺾으면 이기는 미션이었다.

3번 던져 총합으로 승부를 봐야 했다.

"와, 카메라 감독님 다트 동호회 회장인데."

유진식이 정말 치사하다는 듯 PD를 바라보았지만 PD는 사악하게 웃을 뿐이었다. 그 모습도 카메라에 담겼다. 이번에도 건우가 제일 먼저 하기로 했다.

건우는 다트를 몇 번 만져보다가 고개를 끄덕였다. 만져보니 대충 어떻게 던지는지 감이 왔다.

"만약 힘드시면 저쪽에 가서 복불복 미션을 하고 오시면 됩니다. 그럼 점수를 더 드리겠습니다."

얄밉게 말하는 PD였다.

"건우야, 다트 해봤어?"

"아니요."

지유는 다트를 던져봤는지 건우에게 가까이 와서 이것저것 노하우를 알려주었다. 건우는 이해했다는 듯 고개를 끄덕이고 다트 판을 바라보았다.

휙! 턱!

정확히 정 가운데에 꽂혔다. 모두가 환호를 질렀지만 거기서 멈추지 않았다.

턱! 턱!

나머지도 가운데 부근에 꽂혔다. 25점 영역이었다. 건우가 적당히 조절한 것이다. 암기를 던지는 것보다 훨씬 쉬웠다. 제작진의 얼굴이 또 굳어졌다. 지유와 유진석이 엄청나게 좋아하는 모습을 보니 건우는 나름 뿌듯해졌다.

뒤늦게 온 동국팀이 그것을 보더니 고개를 내저었다.

"건우는 못하는 게 뭐냐?"

"못하는 걸 못하는 듯."

동국과 하동의 말이었다.

다른 게임들도 건우의 활약이 이어졌다. 제작진의 방해가 이어졌기에 그나마 동국팀이 따라올 수 있었다. 오후가 되어서야 드라마 세트장에서 모든 힌트를 얻을 수 있었다.

건우의 팀은 힌트를 종합했다. 최종 장소로 가는 마지막 힌트가 있는 곳이었다.

"실내 수영장? 안 그래도 더웠는데 다행이네."

"또 엄청 고생할 것 같은데……."

유진식과 지유가 그렇게 투덜거렸다. 건우는 수영장에 가본 지 오래되어서 재미있을 거란 생각이 먼저 들었다.

체육복으로 갈아입은 후 차량으로 이동하기 시작했다. 차량 역시 팀대로 나눠서 탔는데 차 안에 카메라가 잔뜩 붙어있었다. 소형 카메라가 조금은 신기했다.

건우는 면허가 있지만 운전 경력은 없었다. 유진식이 운전대를 잡았고 건우가 조수석에 앉았다.

"캬~ 건우 덕분에 편하게 가네."

"진짜 완전 짱이었어요. 동국 오빠 어떡해요?"

"뭐, 능력자 타이틀 반납해야지. 하하."

유진식과 지유는 기분이 좋아 보였다. 잠시 정적이 있었는데 유진식이 건우를 힐끔 바라보았다.

"건우야, 만나는 사람 있니?"

"있었으면 좋겠는데 없네요."

"그럼 이상형은?"

유진식이 씨익 웃으며 말했다. 지유도 궁금한지 고개를 앞으로 가까이 가져왔다. 건우는 유진식의 질문에 곰곰이 생각해 보기 시작했다. 지금까지 이상형에 대해서 딱히 생각해 본적이 없었다. 예전에 군대 있을 때는 아이돌을 좋아하기는 했었지만 이상형까지는 아니었다.

딱히 떠오르는 이상형이 없었지만 그래도 이 자리에 지유가 있으니 그쪽으로 해주는 것이 좋을 것 같았다.

"지유 누나?"

"정말?"

건우의 말에 지유가 깜짝 놀라더니 눈이 휘둥그레졌다. 유진식은 건우를 보며 피식 웃었다.

"너 사회생활 정말 잘한다."

"난 그냥 믿을래요."

이런저런 대화 끝에 수영장에 도착했다. 수영장에는 이미

장치들이 완성되어 있었다. 수면 위에 떠 있는 동그랗고 넓은 매트가 보였다. 가운데가 이어져 있었는데, 무슨 게임일지 대충 이해가 되었다.

그리고 수영장 한쪽에는 야자열매를 비롯한 맛있는 음식들이 진열되어 있었다. 딱 봐도 게임을 이긴 팀에 대한 특권으로 보였다.

"이번 게임은 수면 위 데스 매치입니다."

건우의 예상대로 힘을 겨루는 게임이었다. 한 명씩 매트 위에서 붙어서 최후로 남는 자가 속한 팀원이 승리하는 방식이었다. 겉으로만 보면 건우의 팀이 압도적으로 불리했다. 상대 팀에는 동국이 있었고 다른 팀원들도 남자였다.

동국이 겉옷을 벗었다. 흰 반팔 티셔츠가 드러나며 근육질의 몸이 언뜻 보였다. 동국은 아주 박살을 내겠다는 듯 유진식을 보며 씨익 웃었다.

"건우야, 네가 맨 마지막으로 나가라. 저기도 동국이가 맨 마지막일 거야. 지유가 첫 번째, 내가 두 번째로 나갈게."

작전이랄 것도 없었지만 모두 진지했다. 매트 위에 올라가자마자 게임이 시작되었다. 하동이 처음으로 나와 지유와 붙었는데, 지유가 하동의 머리카락을 붙잡고 같이 빠졌다.

"좋아!"

유진식이 주먹을 불끈 쥐며 외쳤다. 건우는 물에 빠진 지유를 바라보다가 손을 뻗어서 지유의 팔을 붙잡았다. 힘을 주어 올리자 지유가 마치 공중 부양을 하는 것처럼 쑤욱 올라왔다.

건우는 고개를 돌려 유진식을 바라보았다. 유진식과 이진수의 대결이었다.

이진수는 모델 출신답게 키가 무척이나 컸다. 최근에는 영화를 찍는 등, 상한가를 달리고 있었다. 그럼에도 뛰는 녀석들에서는 아주 코믹한 이미지였다. 이진수가 키로 유진식을 찍어 눌렀다. 물에 빠진 유진식을 건우가 건져주었다.

"이건우! 널 없애겠다! 얼굴이랑 노래랑 연기만 잘난 녀석!"

이진수가 온갖 폼을 잡으며 그렇게 외쳤다. 1 : 2의 상황이었지만 건우는 그냥 재미있었다.

예전 중학생 때로 돌아간 것 같은 느낌이었다. 그 당시 친구들과 놀 때도 이런 기분이었다. 이렇게 조금 유치한 것이 의외로 건우 취향에 맞았다.

이진수가 먼저 달려들었다. 동반 탈락이라도 하면 동국팀의 승리이니 물귀신 작전이었다. 이진수가 건우에게 몸통 박치기를 했다. 같이 튕겨 나가리라 예상했지만 달려든 이진수가 오히려 옆으로 튕겨 나갔다.

"으억!"

이진수가 처참하게 물에 빠졌다.

"쟤 이상해! 몸이 돌이야!"

이진수는 상당히 충격을 받은 것 같았다.

결국 건우와 동국의 대결이 되었다. 동국이 건우를 바라보며 도발하듯 손짓했다. 보통 사람이라면 위압감이 느껴질 정도로 기세가 남달랐다.

건우도 겉옷을 벗었다. 막상 동국의 앞에 서니 건우도 밀리지 않았다. 더 호리호리한 체형이었지만 건우의 키가 더 컸고 골격 자체도 더 우월했다.

'적당히 해줘야겠네.'

어쨌든 자신의 신체는 일반인의 범주를 넘어섰으니 적당히 막상막하로 하다가 이겨주는 것이 보기에도 좋을 것 같았다. 건우가 겉옷을 벗으니 주위에서 오~ 하는 소리가 들려왔다. 셔츠가 살짝 젖어 달라붙어 있었는데, 확실의 건우의 몸은 보기 좋았다. 물론, 보기 좋은 것보다 훨씬 실용적이긴 하지만 말이다.

동국이 먼저 내민 손을 건우가 잡았다. 팔씨름을 하듯 힘대 힘 대결로 간 것이다. 동국이 당연히 이길 줄 알았지만 건우가 꿈쩍도 하지 않자 모두가 크게 놀랐다.

"으으!"

동국이 이를 악물며 힘을 주었다. 건우도 꽤 힘을 주고 있었다. 동국은 굉장한 악력과 힘을 지니고 있었다. 과거였다면 좋은 고수가 되었을 것 같았다.

"야, 건우 장난 아니야. 으윽!"

동국이 앓는 소리를 했다. 건우는 일부러 휘청거리며 아슬아슬한 장면을 연출해 냈다.

연기가 이제는 완전히 생활화되어 가고 있었다. 꽤 긴장감이 있는지 주변 반응은 보기 좋았다. 본격적으로 대결이 시작되었다. 같이 양손을 잡고 대치했다.

"오, 전혀 안 밀리는데. 건우야 엎어버려!"

"잘한다~"

유진식과 지유는 감탄하면서 건우를 응원했다.

"김동국! 적당히 해라!"

"추하다! 김동국! 나이 차이가 얼마나 나는데!"

근데 웃기게도 동국의 팀인 하동과 이진수도 건우를 응원하고 있었다. 동국이 갑자기 힘을 빼더니 건우의 몸 쪽으로 혹 하고 들어왔다. 건우를 잡아 그대로 자빠뜨리려 했는데, 건우가 빠르게 피하고는 동국과 같이 물로 떨어졌다.

첨벙!

거의 동시에 물에 떨어졌다. 모두가 PD를 바라보자 비디오 판독에 들어갔다. 판정 결과 아슬아슬하게 동국이 먼저 물에 떨어졌다.

"이야, 김동국이 지다니……."

"진짜 장난 아니야. 지금까지 나온 게스트 중에 제일 세."

유진국의 말에 동국이 혀를 내두르며 말했다. 수영장에서 몇몇 게임을 더 했지만 비슷한 구도로 갔다.

그다지 재미있는 장면이 나오지 않아 방송에 나오기는 힘들어 보였다. 잠시 휴식 후에 옷을 갈아입고 바로 최종 장소로 이동을 했다. 건우는 차량으로 이동하며 신기한 듯 하늘을 바라보았다.

"시간이 엄청 빨리 가네요."

아침 일찍 나왔는데, 벌써 해가 저무는 시점이 되었다. 카메라가 이제는 더 이상 의식되지 않을 정도로 자연스러워졌다.

밤늦게까지 촬영하는 건 아무렇지도 않았다. 시간이 빠르게 가는 것에 아쉬움을 느끼는 것은 오랜만이었다. 유진식이 공감한다는 듯 고개를 끄덕였다.

"그래, 시간 참 빠르지. 뛰는 녀석들도 벌써 4년째야. 처음에는 오늘내일했는데 말이지."

예능 프로가 4년을 넘어간다는 것은 엄청 힘든 일이었다. 괜히 유진식이 국민 MC라고 불리는 것이 아니었다. 코믹한 이미지를 유지하고 있었지만 일에 대한 열정이 엄청났고, 리더십과 포용력도 뛰어났다.

함께 촬영을 하면서 건우는 유진식에게서 많은 것을 배울 수 있었다. 뛰는 녀석들에 출연해서 가장 잘한 일이라고 느껴지는 부분은 유진식과 상당히 친해졌다는 점이었다.

마침내 최종 장소에 도착했다.

대형 게임 회사 사옥이었는데 제법 독특한 구조를 지니고 있었다.

길었던 촬영도 드디어 마지막이었다. 요즘 초등학생들 사이에서도 유행을 하는 이름표 떼기였다.

작년에 비해서 한물간 경향이 있었지만 오히려 해외에서는 더 뜨거운 관심을 받고 있었다. 이례적으로 중국의 대형 스트리밍 사이트와 계약을 맺어 이틀 뒤에 자막까지 달려 방영된다고 한다.

때문에 중국 진출과 홍보를 염두에 둔 아이돌이나 배우들이 게스트로 꽤나 많이 나왔다.

김동진도 출연 경험이 있었고 유명 축구 선수도 나올 정도였다.

YS에서 건우의 예능 출연으로 뛰는 녀석들을 추천한 것도 그 이유에서였다.

최근 '별을 그리워하는 용'에 대한 중국, 일본 반응이 심상치 않기도 했다.

뛰는 녀석들의 마지막 게임이 시작되었다.

마지막 미션은 팀전이 아닌 개인전이었다.

표면적으로는 여의주가 숨겨진 곳으로 향하는 힌트를 찾는 건데, 건우는 힌트를 찾기 전에 모두의 이름표를 떼어야 했다. 사실 힌트에는 여의주가 숨겨진 곳이 아닌 건우가 적이라는 사실이 알려져 있었다.

"이건 뭐야?"

"액션 캠입니다."

건우는 물론 멤버들에게도 액션 캠이 부착된 모자를 나눠 주었다.

PD가 처음 시도해 보는 것이었는데 멤버들의 시야 그대로 찍히는 것이라 생생한 현장감을 제공할 수 있었다. 요즘은 화질이 엄청나게 좋아져 방송에도 내보낼 수 있는 정도가 되었다. 꽤 신경 써서 만들었는지, 우스꽝스럽거나 그러지는 않았다.

제작진은 중간 미션을 통해 스파이가 누군지 건우에게 알려주었다. 하동이었다. 건우가 하동에게 스파이임을 알려야 했지만 건우는 그냥 다 떼어버리기로 작정했다.

[레이스 시작!]

모두가 지정 장소로 흩어지자 방송으로 레이스 시작을 알렸다.

긴장감이 감돌았다. 건물에 사람이 아무도 없어서 조금 음산한 기분이 들었다.

건우의 입가에는 미소가 가득했다. 안구가 정화되는 듯한 환한 미소였지만 어딘가 소름끼치는 구석이 존재했다. 건우의 개인 카메라맨이 움찔 몸을 떨 정도였다.

시청자들 입장에서는 이런 파격적인 모습이 더 화젯거리가 될 것이다.

여태까지 무난하게 왔으니 반전을 좀 줘야 했다. 물론, 그런 것은 변명 아닌 변명일 뿐이었고 마음대로 날뛸 생각에 기분이 좋아진 건우였다.

'나도 철이 덜 들기는 했네.'

그는 천생 무인이었다. 몸을 쓰는 것이 즐거웠다. 이름표를 떼면 목숨이 없어지는 설정이니 더욱 흥미진진했다. 사파의 사술 같은 느낌도 났다.

건우는 몸을 숨길 필요 없이 대놓고 움직이기 시작했다. 워낙 당당하게 움직여 마치 산책이라도 나온 것 같은 분위기였다.

사무실에서 서랍을 뒤지고 있던 이진수가 문을 열고 들어온 건우와 눈이 마주쳤다.

흠칫—

건우가 웃으며 자신을 바라보자 이진수는 어색한 웃음을 흘렸다.

"하, 하하, 왜… 왜 그렇게 쳐다봐?"

건우는 웃음을 지우며 사무실 문을 천천히 닫았다. 카메라맨이 있었지만 이진수는 알 수 없는 공포에 사로잡혀 건우에게만 시선이 꽂혀 있었다.

"진수 형, 이름표 떼도 되요?"

"응? 야, 야… 무, 무섭게 왜 그래? 동맹하자, 우승 상품은 너 줄게."

건우가 천천히 다가가자 진수가 황급히 문으로 뛰었다. 문을 여는 것에는 성공했지만 앞으로 나갈 수 없었다. 건우가 진수의 몸을 잡더니 그대로 바닥에 넘어뜨렸다. 물론 충격이 가지 않게 배려를 해주었다.

"끄아아아아악! 살려줘!"

마침 지나가던 유진식이 열린 문 사이로 그 모습을 보았다.

"뭐, 뭐야!"

"형, 이리 와봐요."

"너, 뭐야! 으악!"

유진식은 건우가 진수의 등을 누르며 이름표를 천천히 떼고 있는 것을 보더니 도망치기 시작했다. 건우는 이름표를 떼고는 이진수의 옷에 묻은 먼지를 털어주었다. 이진수가 뭐라 말하기 무섭게 검은 양복을 입은 사람들이 이진수를 끌고 갔다.

건우는 바로 다음 사냥감을 찾기 시작했다. 전생에 마교가 펼쳤던 천리지망을 단독으로 돌파해 온 그였다. 이미 건물의 구조는 건우의 머릿속에 있었다.

[이진수 탈락!]

건우가 본격적으로 뛰기 시작했다. 카메라맨이 멀어져 가는 건우의 뒷모습을 간신히 찍었다. 건우는 카메라맨을 배려해 주며 적당히 맞춰 뛰었다.

그럼에도 엄청난 스피드였다. 건우는 비상계단을 거의 뛰어넘다시피 이동해 아래층으로 내려갔다. 그리고 지유가 있을 만한 곳을 찾기 시작했다.

복도를 따라 이동하다가 걸음을 멈추었다. 안에서 인기척이 들렸기 때문이다. 건우 정도로 민감하지 않다면 절대 감지할 수 없을 정도였다. 안으로 들어가니 큰 테이블이 가운데에 놓여 있었다.

땀 냄새가 났다. 건우는 주변을 둘러보는 척하다가 밖으로 나가는 척했다. 그러다가 휙 하고 테이블 아래를 바라보았다.

"꺄아아악!"

테이블 밑에 숨어 있던 지유가 엄청 놀라 비명을 질렀다. 몸을 움직이다가 머리를 찧었다.

"악!"

"괜찮아요?"

"뭐야, 건우였잖아."

"미안해요."

건우가 안심하라는 듯 웃으며 손을 뻗자 지유가 안도의 한숨을 내쉬며 건우의 손을 잡았다. 건우는 무척이나 다정한 표정이었다. 절대 당신을 해치지 않는다는 천사표 미소를 두르고 있었다.

건우가 다정하게 지유의 모자를 벗기더니 머리에 상처가 없는지 봐주었다.

"누나 동맹해요. 우승 상품 나눠줄게요."

"그래. 근데 아까 뭐야? 이진수, 바로 탈락하던데."

"아까 보니 진식이 형이 막 뛰어가던데요. 손에 뭐 이상한 걸 들고 있었어요. 힌트는 아닌 것 같고……."

지유가 고개를 갸웃했다.

"수상한데. 또 막 스파이 이런 거 아냐?"

"아무튼 같이 이동해요."

건우와 지유가 동맹을 체결했다. 지유는 철석같이 건우를 믿고 있었는데, 건우의 눈빛과 표정이 너무 순수해 보였기 때문이다.

지유의 마음속에서는 건우가 아무것도 모르는 것 같아 도와주고 싶은 욕구가 꿈틀거렸다.

분위기가 바뀌었다. 지유와 건우만 딴 세상에 있는 것 같았다. 약간은 달달한 분위기까지 났다.

구석구석을 뒤지고 있던 동국이 건우와 지유를 발견하고는 어이없다는 듯 그들을 바라보았다.

"야, 니들 데이트하냐?"

"오빠, 힌트 좀 찾았어요?"

"찾았어."

동국이 순순히 힌트를 보여주었다. 힌트에는 배신자와 스파이를 제외한 이들이 서로의 이름표를 떼면 5분 후에 부활한다고 적혀 있었다. 여의주에 관한 내용이 아니었다. 찾기 어려운 힌트에는 건우에 대해 적혀 있겠지만 아직 발견하지 못한 것 같았다.

"오빠, 아까 진식이 오빠가 진수 탈락시켰어요."

"방송 들었어. 5분 지났는데… 그렇구만. 이 형 또 혼자 뭐 하네."

지유와 동국의 대화였다. 유진식은 가끔 뛰는 녀석들에서 배신을 종종 했다. 이진수와 더불어 신뢰도가 바닥에 가까웠다. 그게 뛰는 녀석들의 묘미이기도 했다. 동국이 힌트를 더 찾아본다며 사라졌다.

건우와 지유는 다시 둘만의 분위기 속에서 회사를 돌아다녔다. 게임 회사이다 보니 게임과 관련된 피규어나 인형들이 많았다.

"와, 저거 엄청 크다. 오! 저거 가지고 싶었는데."

"엄청 고급스럽네요."

"엄청 비쌀걸? 백만 원 넘어가는 것들도 수두룩해. 어? 힌트다!"

피규어 사이에 교묘히 감춰져 있는 힌트가 보였다. 지유가 빨리 달려가서 힌트를 꺼냈다. 그때였다.

"송지유~ 이건우~ 분위기 좋은데."

"하동 오빠?"

아직 제대로 소식을 못 들었는지 하동은 탐욕스러운 눈빛으로 지유가 든 힌트를 노리고 있었다.

하동이 지유를 향해 은근슬쩍 다가왔다. 하동이 힌트를 노리며 다가오자 지유는 빠르게 건우에게 힌트를 던졌다. 건우는 힌트를 주머니에 넣고는 지유에게 귓속말을 하기 시작했다.

"떼어보죠. 어차피 스파이가 아니면 5분 뒤에 부활하잖아요."

지유가 고개를 끄덕이자 건우가 그대로 하동을 붙잡았다.

"뭐, 뭐야!"

치익!

지유가 하동의 이름표를 뗐다. 이름표에는 스파이라고 적혀 있었다. 지유가 깜짝 놀라며 하동을 바라보았다.

"오빠 스파이였어?"

"응? 뭐, 뭐야. 난… 읍!"

검은 양복을 입은 덩치들이 하동을 끌고 사라졌다. 지유는 허탈한 듯 하동을 바라보았다. 건우도 어이없다는 듯 고개를 저었다.

[하동, 스파이가 탈락하였습니다.]

[힌트가 발견되었습니다. 남은 스파이는 1명입니다.]

방송이 바로 나왔다.

"와, 진짜 건우 아니었으면 깜빡 속을 뻔했네."

"진짜 믿을 사람 없네요."

"방금 방송 들었지? 남은 스파이가 한 명이라면……."

지유의 머릿속에 떠오른 인물은 유진식이었다. 건우 같은 경우에는 아예 용의선상에서 제외되었다.

같은 스파이를 무참하게 탈락시킬 이유가 없었기 때문이다.

남아 있는 인원은 동국, 유진식, 지유, 건우였다.

중앙 휴게실에서 모이게 되었다. 유진식이 건우를 보자마자 손가락으로 건우를 가리켰다.

"이건우! 너 스파이지!"

건우가 어이가 없다는 표정으로 유진식을 바라보았다.

"와, 연기하네. 아까 너 진수 탈락시키는 내가 봤거든?"

"무슨 소리세요. 형이 탈락시켰잖아요."

"뭐? 나참! 동국아! 건우 조심해라! 쟤 연기하는 것 봐라! 엄청 뻔뻔하네."

그러나 유진식의 말은 아무도 믿지 않았다. 동국이 미소를
지으며 유진식을 바라보았고 지유도 유진식을 노려보았다. 지
유가 건우를 비호하며 나섰다.

"하동 오빠를 탈락시킨 것도 우리거든요."

"그래, 지유랑 건우랑 계속 같이 돌아다니던데. 형은 뭘 했
어?"

동국이 지유와 건우 쪽에 섰다. 건우는 뒤로 빠져 있었다.
유진식은 억울해 죽겠다는 표정이었다.

"야! 이건우 너! 너무한 거 아니냐!"

"형 힌트 모은 거 있어요?"

"아니, 못 찾았는데."

건우의 물음에 유진식이 그렇게 대답했다. 동국이 빠르게
움직이며 유진식을 잡았다. 지유가 달려들어 유진식의 이름표
를 뗐다. 스파이라면 이름표 뒤쪽에 스파이라고 적혀 있어야
했다.

"어?"

"응?"

동국과 지유가 놀라는 건 당연했다.

이름표는 깨끗했다.

"거봐, 난 아니라니까."

지유와 동국이 시선을 마주쳤다.

치익!

뒤에 있던 건우가 지유의 이름표를 뗐다.

"꺄악!"

건우가 주머니에 있던 힌트를 펼쳐 멍한 표정의 지유에게 건네주었다. 그곳에는 ㅇㄱㅇ라는 초성이 써져 있었다.

"야! 너 웁!"

덩치들이 지유를 끌고 사라졌다. 건우가 미소를 지우자 섬뜩한 분위기가 주변을 지배했다. 동국도 긴장하며 건우를 바라보았다.

바로 그 자리에서 붙었다. 동국이 힘으로 찍어 누르려 건우의 팔을 잡았지만 건우가 버티며 오히려 동국을 밀어붙였다. 동국이 안 되겠다는 듯 손을 놓고는 뒤로 물러나려 하자 건우가 몸 안으로 파고들며 동국의 등을 향해 손을 뻗었다.

치익!

동국이 반응할 시간도 없이 이름표가 뜯겨졌다. 동국이 고개를 절레 저으며 건우를 바라보았다. 5분 뒤에 부활한 유진식도 얼마 버티지 못하고 건우에게 이름표를 뜯겼다. 건우는 유진식과 함께 탈락자들이 있는 곳으로 돌아왔다.

유진식을 포함한 모두가 건우를 보더니 원성을 쏟아냈다. 특히 지유는 진짜 그럴 줄 몰랐다는 듯 건우를 바라보고 있었다. PD가 상품을 주는 것으로 바로 마무리되었다.

"오랜만에 이렇게 뛰어보니 기분이 좋네요. 다음에도 꼭 불러주셨으면 좋겠습니다."

"우리 이건우 씨와 함께했습니다!"

유진식이 마무리 멘트를 하며 훈훈한 가운데 촬영이 끝났다. 건우는 모두와 같이 사진을 찍었다. 하루를 꼬박 같이 지낸 탓인지 이제는 너무 편해져 격식이 없어졌다.

"이번 편 대박일 것 같은데?"

"건우 너, 진짜 잘하더라."

유진식과 동국의 말이었다. 시청률을 생각하며 흐뭇해하고 있는 PD가 보였다. PD가 보기에도 너무 좋은 장면들이 많았다. 조금 과장하자면 마지막 게임은 한 편의 영화 같기도 했다. 무엇보다 건우의 표정 변화가 다양하고 대단히 생생해서 소름이 끼칠 정도였다.

PD가 건우에게 다가왔다.

"건우 씨, 오늘 하루 열심히 해주셔서 고마워요."

"덕분에 정말 재미있었어요. 나중에 또 불러주세요."

"당연하죠! 이 프로그램이 아니더라도 다음에 꼭 같이해 주세요. 연락드릴게요."

"네, 감사합니다."

PD는 이번 년도를 마지막으로 종편으로 떠난다고 한다. 스타 PD이지만 그만한 대우를 받지 못했는데, 종편에서 파격적으로 대우를 해준다고 해서 벌써 기사까지 났다.

그렇게 건우의 두 번째 예능 촬영이 끝났다.

2. 뜻밖의 한류

이건우 신드롬.

이건우가 출연하면 대박을 치고 이건우가 찬 물건은 매진이 되었다. '별을 그리워하는 용'에서 입고 나온 복장과 아이템들은 없어서 못 팔 지경이었다.

'이건우 본부장님 룩.'

'이건우 시계.'

'이건우 복고풍 선글라스.'

다이버 쇼핑 메뉴는 모두 이건우로 도배가 되어 있었다. 대놓고 PPL을 하던 상품들도 자연스럽게 살려주니 업체 입장에서는 입이 귀에 걸릴 지경이었다. '별을 그리워하는 용'은 케이블 드라마의 한계를 완전히 부숴 버렸다. 30%에 가까운 시청률에 이르렀고 동시간대의 공중파를 가볍게 따돌릴 수준이 되었다.

그런 폭발적인 반응은 비단 한국뿐만이 아니었다.

'별을 그리워하는 용'은 입소문을 타더니, 중국 쪽에서 엄청난 반응을 불러왔다.

중국 최대의 동영상 스트리밍 사이트 로우쿠에서 불법적으로 방송되고 있었는데, 최근 계약을 맺고 정식으로 스트리밍 서비스를 하기로 결정되었다. 그러면서 일본을 포함한 여섯 개 나라와 수출 계약이 성사되었다.

최근 방영했던 회차는 올라온 지 얼마 되지도 않았는데 최단 1억 뷰 돌파라는 엄청난 기록을 만들어냈다. 중국 주석의 아내가 즐겨 본다는 기사까지 날 정도니 얼마나 영향을 미치는지 알 수 있는 대목이었다.

일본도 뒤늦게 그 대열에 합류했다. 중국에 비하면 규모가 작았지만 한국 드라마는 꾸준한 수요층을 지니고 있었다. 전문으로 한국 드라마를 방영해 주는 케이블TV의 가입자의 숫자가 꽤 될 정도였다.

흔히 주부들이 매니아 층에 결집되어 있었는데, 이건우의 경우에는 조금 달랐다. 고등학생을 포함한 젊은 세대의 계층이 빠져들기 시작한 것이다.

일본에서 개설된 건우의 팬사이트 회원 숫자가 4만 명을 돌파하고 있었다.

YS에서는 일본 진출을 전혀 생각하지도 않았는데, 일본에서 알아서 생겨나고 있는 것이다.

2월 달부터 일본 유료 케이블 TV로 방영된 달빛 호수가 그 시발점이었다.

"와, 건우 님이 예능에?"

후지사키 카나미는 일반적인 여대생이었다. 그녀는 일본의 이건우 팬사이트, 정식 명칭 '건우신'의 창단 멤버 중 한 명이었다.

그녀의 어머니가 한국 드라마를 즐겨 봤는데, 그때까지만 해도 아무런 생각이 없었다.

어머니를 따라 우연치 않게 본 달빛 호수도 처음에는 시들시들했다. 그러나 이건우라는 배우가 출연한 후부터 그녀는 학교까지 빠지며 달빛 호수에 몰두했다. 그녀도 한때 아이돌 가수를 좋아했던 적이 있었다. 그러나 깊이 빠지지는 않았는데 이번에는 달랐다.

처음에는 멍하니 드라마를 볼 뿐이었다. 그러다가 밥을 먹을 때도 생각났고 잠을 잘 때도 떠올랐다. 정신을 차리고 보니 그녀의 핸드폰에는 이건우의 사진밖에 없었다. 처음에 모인 멤버들은 모두 다 그런 현상을 겪었는데, '마약건우 입덕현상'이라고 불렀다.

그리고 마약이 그렇듯, 한번 맛 들이면 쉽사리 끊을 수 없었다. 늪처럼 계속해서 빠져드는 것이다.

'역시 오늘도 늘어났네.'

처음에는 백 명 남짓한 소규모 모임이었다. 그러다가 어느 순간부터 폭발적으로 늘어나더니 4만 명에 이르렀고 지금도 계속해서 성장 중이었다.

카나미는 흐뭇한 눈으로 액자를 바라보았다. 피 터지게 아르바이트한 돈으로 얼마 전에 팬미팅에서 나눠줬다는 한정판 브로마이드까지 구입했다. 흠집이라도 날까 액자에 넣어 보관하고 있는 것이다.

카나미는 경건한 마음으로 건우의 브로마이드를 바라보다가 노트북을 켰다.

바로 들어간 곳은 건우의 팬사이트였다. 건우의 팬 중에서 웹사이트를 전문으로 만드는 이가 있어 전체적으로 한국의 팬카페보다 좋았다.

카나미는 팬사이트를 둘러보았다. 게시글 리젠은 대단히 활발했다. 한국 팬카페보다 더 진화해 게시판 이름이 '찬양소', '고해성사' 등으로 지어져 거의 종교 사이트를 방불케 했다.

현재 건우신 팬사이트에서 밀고 있는 일이 있었다.

바로 건우의 일본 방문 희망 서명운동이었다.

그것이 1차 목표였고 최종 목표는 바로 도쿄 돔에서 팬미팅을 하는 것이었다.

첫 팬미팅 때 공개된 영상에서는 그 규모가 너무 작아 실망이 이만저만이 아니었다.

건우 님이 강림하시기에는 너무 초라한 장소였다.

누구나 무슨 헛소리냐라고 비웃겠지만 카나미의 생각은 달랐다. 새롭게 뽑은 간부진들의 자금력은 엄청났다. 주축은 10대부터 30대까지 다양했지만 중년 사모님들의 숫자도 상당했다. 모두 사회에서 한자리를 차지하고 있는 이들이었다.

카나미는 '영접실'로 들어갔다.

'별을 그리워하는 용' 최신 방영분은 이미 본 지 오래였다. 한 번 본 것이 아니라 하루에 3번씩은 꼭 봐야 잠이 잘 왔다.

HIT) 제목: 건우신 출연 뛰는 녀석들! 자막 첨부!

좋은 밤입니다, 자매님, 형제님.

최신 방영본을 입수하여 밤새 자막을 제작하였습니다.

건우 님의 활약이 너무나 눈부셨습니다.

한국에서도 연일 화제입니다!

영화를 한 편 보는 것 같았던 예능이었네요! 앞으로도 부디 건우 님의 활발한 예능 활동을 바랍니다!

[영상 '뛰는 녀석들, 건우신 출연편']

'드디어 나왔네!'

기사가 떴을 때부터 기다린 예능 프로였다. 뛰는 녀석들에 대한 영상은 인터넷에 많이 돌아다니고 있어 그녀도 잘 알고 있었다. 일본어 자막이 있는 편은 현재 건우 편이 유일했다. 한국에서 살고 있는 회원이 노고해 준 덕분이었다.

카나미는 두근두근 뛰는 심장을 간신히 진정시키며 영상을 시청하기 시작했다.

일본에서 서비스하는 스트리밍 사이트였는데, 특이하게도 영상을 시청하며 코멘트를 남길 수 있었다. 코멘트는 영상에 바로 적용되어 떠올랐다.

"다 됐다!"

드디어 다 받았다. 심호흡을 하고 바로 영상을 재생했다. 오프닝은 조금 지루하게 느껴졌다. 얼마 전까지 한국에 대한 관심이 전무했기에 아는 연예인은 없었다. 그래도 조금 웃긴 분위기가 마음에는 들었다.

오프닝이 지나고 드디어 건우가 등장했다. 건우가 등장하자마자 엄청 놀라며 격하게 반응하는 출연진들의 모습은 그녀와 똑같았다.

—왔다! wwwww

—건우신 등장!

—신 강림! 모두 꿇어라!

댓글들이 영상을 스쳐 지나갔다.

그녀는 베개를 끌어안으며 난동을 피웠다. 쿵쾅거리는 소리에 그녀의 어머니가 올라왔다. 국자를 들고 있었는데, 노트북 화면을 물끄러미 보더니 그대로 옆에 앉았다.

"꺄악! 귀여워."

"카나미, 다시 돌려보자."

건우가 유진식의 권유를 못 이겨 손가락 하트를 연발하는 걸 두 번 정도 다시 돌려봤다. 게임이 시작되고 건우가 천재적인 기억력을 발휘하는 것을 보며 둘은 자기 일인 것처럼 좋아했다.

—심지어 머리도 좋아.

—천재네! 대단해!

—역시 갓이다! 치트 캐릭터!

제작진을 골탕 먹이는 장면에서는 자연스럽게 미소가 나왔다. 건우의 장난꾸러기 같은 미소가 마음에 들어 몇 번이고 캡처했다.

"핸드폰에 넣어줘."

"알았어요."

수영장에서의 게임은 건우의 야성미가 폭발해 카나미를 설레게 했다. 특히 물에 젖어 드러난 근육은 미친 듯한 존재감을 뽐내고 있었다. 몸이 엄청 좋아 보이는 동국에게도 힘으로 밀리지 않았다. 물에 젖은 티셔츠는 더 이상 건우의 몸을 감출 수 없었다.

그대로 멈춰놓고 감상 모드에 들어갔다.

잠시의 시간이 지나자 겨우 다시 재생할 수 있었다. 마지막 게임은 그야말로 압권이었다. 공포스러운 배경음악과 건우의 모습이 어울려 섬뜩한 장면을 연출했다. 특히 지유를 처음에 찾아낼 때는 소름이 끼쳤다. 그러다가 지유와 달달한 분위기가 될 때는 자동적으로 미소가 지어졌다. 이름표를 차근차근 떼어가는 과정은 무척이나 흥미로웠다. 특히 동국과의 대결을 조마조마하게 바라보았다. 건우의 승리로 돌아가자 함박웃음이 지어졌다. 카나미는 다시 처음부터 돌려보며 성실하게 코멘트를 달았다.

"여기서 뭐 해? 여보, 밥은?"

회사에서 막 돌아온 카나미의 아버지가 카나미 방에 있는 둘을 발견하고는 그렇게 물었다. 카나미의 어머니는 고개를 돌려 그를 바라보더니 살짝 한숨을 내쉬었다.

"왜 그래?"

영문을 모르겠다는 듯한 그의 모습에 카나미는 이해한다는 듯 고개를 끄덕였다.

"아! 여보, 나 다음 주에 한국 출장……."

"네? 진짜?"

"으, 응 그런데?"

그는 갑자기 반색하며 좋아하는 부인을 보고는 얼떨떨한 표정이 되었다. 카나미도 자리에서 일어나며 반짝이는 눈으로 그를 바라보았다. 딸과의 사이가 조금 어색했는데, 저렇게 바라보니 옛 생각도 나고 흐뭇해졌다.

그는 너무 일만 열심히 한 것이 아닌가하고 지난날을 반성했다. 이름만 들어도 알 법한 대기업의 부장 자리에 있었지만 금쪽같은 딸을 보니 다 부질없어졌다.

"아빠, 부탁이 있어요."

"뭔데? 말만 해. 하하! 다 들어주마."

"한국 가면……."

카나미의 말을 들을수록 그의 어깨가 조금씩 처졌다. 옆에서 신나서 같이 떠드는 아내 덕분에 힘이 더욱 급격히 빠지는 느낌이었다.

"알았어……."

"고마워요!"

그는 벽에 붙어 있는 브로마이드를 노려보았다. 사진 속 사내가 원망스러웠다. 그래도 오랜만에 자신을 끌어안아 주는 딸을 보니 힘이 나기는 했다.

*   *   *

'별을 그리워하는 용'은 잘나가도 너무 잘나갔다. 연출, 재미, 작품성을 두루 갖춘 명작이라는 소리가 나올 정도였다. 건우에 대해서는 모두 입을 모아 미친 연기력이라 칭송했다.

종편 드라마 중에서는 최고의 시청률을 갱신했고, 계속해서 새 역사를 써 내려가고 있었다. 중국에서도 엄청난 반응을 불러오고 있었다. 과거에 방영했었던 한류 드라마도 인기가 있었지만 '별을 그리워하는 용'에 비하면 새 발의 피였다.

로우쿠 메인 배너에 걸렸고, 조회 수 1위를 계속 유지하고 있었다. 대륙이다 보니 조회 수도 어마어마했는데, 불법 루트가 아닌 스트리밍 공식 조회 수가 10억을 넘어갔다. 하루를 기다려야 자막과 함께 등록되었는데, 그 하루가 일 년보다 더 길게 느껴진다는 소리까지 나오고 있었다.

건우는 베이보 인물 검색 순위 1위에 등극하는 기염을 토해

냈다. 기이하게도 2위는 이신성이었는데, 건우가 맡은 배역의 이름이었다. 지윤은 3위에 안착했다. 자국 배우 대신 외국 배우가 순위권에 안착한 것은 10년 만이었다.

이진국이 주연으로 출연한 '무지갯빛 남자'는 시청률이 7%까지 하락했다. 중국 방영도 흐지부지되고 그외 다른 나라로의 수출도 실패했다는 소식이 기사로 났다. 떨어져 나간 시청률을 끌어모으기 위해 드라마 내용도 완전 막장으로 달리고 있었다.

황금태양의 효과가 없었더라도 망할 드라마였다는 것이 세간의 평가였다. 건우가 신성불가침 영역이 된 것에 비해 이진국과 류웨이의 이미지는 그다지 좋지 않았다.

은근히 건우를 디스했던 발언들이 부메랑처럼 되돌아와 이진국을 후려쳤지만 이진국은 별다른 입장을 내놓지 않고 활동을 이어갔다. 사과하라는 목소리가 나왔지만 이진국은 철저히 무시했다. 사과할 정도로 잘못하지 않았다는 입장이었다.

건우는 나갈 준비를 마치고 걸려온 전화를 받고 있었다. 타이트한 드라마 촬영 스케줄을 마치고 난 다음 날이었다. 모처럼 맞이하는 휴일에 약속이 생겼다.

"네, 지금 나가요."

─피곤할 텐데, 승엽이 불러서 오지.

"쉬는 날이잖아요. 그리고 하루 종일 붙어 있으니 좀 지겨

워요. 예쁘지도 않고."

─하하, 그래. 음, 근데 건우야, 나는 널 믿는다만, 그래도 열애설 나지 않게 조심해라.

"열애설은 무슨… 걱정 마세요."

건우는 피식 웃었다. 촬영장과 집, 그리고 서점밖에 가지 않는 건우였다. 좋은 사람들과 술 마시는 것을 좋아하지만, 클럽같이 시끄러운 곳은 영 마음이 가지 않았다.

지윤과 진희 이외에는 만날 여자가 없었다. 둘을 만나더라도 숨어 있는 기자들을 아주 잘 피해 다니니 이상한 소문은 나지 않았다.

프로 기자라도 건우의 기감을 피해갈 수는 없었다.

건우는 석준이 대여해 준 차에 시동을 걸었다. 외제 차는 아니었다. 국산 소형차였는데, YS에서 가장 핫한 스타인 건우가 타고 다니기에는 부족하다고 할 수 있었다. 좋은 차를 타면 좋겠지만 어쨌든 차는 잘 굴러다니기만 하면 상관없다고 건우는 생각하고 있었다. 장롱면허였지만 승엽이에게 촬영장을 오갈 때마다 연수를 받아 이제는 어느 정도 능숙해졌다.

건우는 오랜만에 석준을 만나기 위해서 외출했다. 보통 전화로 얘기했지만 오늘은 대단히 사안이 큰지 직접 만나자고 전해왔다. 딱히 일이 아니더라도 오랜만에 석준의 얼굴을 보고 싶기는 했다.

'근데 왜 레스토랑이지? 진짜 무슨 일 있나?'

그 유명한 엘라 호텔로 가야 했다.

석준과 만날 때는 보통 술집에서 봤다. 앞으로의 계획을 정할 때도 어지간한 사안이 아니면 사옥의 회의실 대신 술자리에서 모두 결정했다. YS 대표와 그런 식으로 만나는 사람은 건우가 유일했다.

아무튼 나쁜 일은 아닐 것이다. 나쁜 일이 지나간 지 얼마 안 되었으니 좋은 일이 일어날 차례이긴 했다. 어느새 엘라 호텔에 도착한 건우는 주차를 한 후에 호텔로 들어갔다.

'중식당이라고 했나? 갑자기 웬 중식이지.'

석준은 기름진 음식을 별로 좋아하지 않았다. 술을 마실 때도 회 종류를 주로 먹는 편이었다. 건우는 2층에 있는 중식 레스토랑에 들어갔다. 칠향(七香)이라는 이름의 레스토랑이었다.

종업원이 예약석으로 안내해 줬다. 룸 형식으로 되어 있는 곳이었다.

건우도 약속 시간보다 빨리 나왔지만 석준이 먼저 와서 앉아 있었다. 덩치가 큰 석준이 안경을 끼고 작은 크기의 스마트폰을 들여다보고 있는 모습은 제법 귀여워 보였다.

저런 근엄한 표정을 무서워하는 연습생들도 많았는데, 건우는 그냥 귀엽게만 보였다.

"어, 왔냐."

"네, 뭐 하세요?"

"내가 뭐 하겠냐. 너 잘나가는 거 보고 있지. 너도 이제 스타 다 되었구나. 마스크랑 모자가 이제 어색하지 않아."

"불편하기는 한데, 안 쓰고 다니면 주위에 민폐라서요."

건우는 피식 웃고는 자리에 앉았다. 요즘은 마스크로 가리지 않으면 걸어 다니지 못할 정도였다.

이건우 신드롬이라는 말은 괜히 나온 것이 아니었다. 일상생활에 제약이 많아졌지만 건우는 그것도 즐기고 있었다. 인기가 많으면서 주변에서 간섭하지 않기를 바라는 것은 얼토당토않은 생각이었다. 모든 걸 다 가질 수 없다는 것을 건우도 잘 알고 있었다.

"요즘 어때요?"

"좋아. 최근에 데뷔한 애들도 순조롭고, 연습생 애들도 사고 안 치고 잘 있고. 아! 한별이가 리온에 자극받았는지 작업 엄청 열심히 하더라. 그 덕분에 조만간 솔로 앨범으로 컴백할 계획이야. 리온, 그 친구 생각보다 음악성이 뛰어나더라고. 자기 색깔도 확고하고."

"요즘 잘하죠."

"그래, 탐나는 친구야."

건우는 고개를 끄덕였다. 이번에 리온이 낸 솔로 곡은 건우도 들어보았다. '떠나는 남자, 바라보는 여자'라는 조금은 긴 제목의 노래였다. 슬픈 멜로디와 랩이 만나 제법 조화롭게 잘 빠진 곡이 나왔다. 건우도 상당히 좋다고 생각했는데, 나오자마자 지금 음원 차트 1위를 기록했고 지금도 순위권에서 떨어지지 않고 있었다.

솔직히 리온이 어떻게 그런 절절한 사랑 노래를 만들 수 있었는지 궁금하기는 했다.

'가지고 있는 재능만 따지면 나보다 훨씬 낫지.'

건우는 재능이 있다고는 보기 어려웠다. 무공의 힘이 아주 큰 부분을 차지했다.

음식이 나올 때까지 간단한 대화가 이어졌다. 가격대가 높은 레스토랑이라 그런지 접시들마저 고급스러웠다. 건우의 취향이 아니기는 했지만 맛은 그럭저럭 괜찮았다.

허나 가성비로 따지면 추천할 곳은 못 되었다.

"근데, 왜 갑자기 중식이에요? 중식 싫어하지 않았어요?"

석준은 건우의 말에 씨익 웃었다. 메인 디쉬도 나왔으니 본격적으로 이야기를 하기 시작했다. 건우가 예상했다시피 일에 관련된 얘기였다.

"'별을 그리워하는 용'이 중국에서 대박 친 거 알고 있냐? 특히 중국에서."

"네, TV채널 말고 인터넷으로 많이들 본다고 하더라고요.

스트리밍 사이트인가? 거기에서요."

"많이 보는 정도가 너무 지나쳐서 문제지. 조회 수가 13억을 돌파했어. 아직도 가파른 상승세야."

드라마는 이제 후반부로 진입하고 있었다.

건우는 고개를 끄덕였다. 13억이라는 숫자가 잘 실감이 나지는 않았다. 대한민국의 인구수를 아주 가볍게 뛰어넘는 숫자였다.

'중국이라……'

중국에 대해서는 별다른 감정이 없었다.

전생에 백두산 인근에서 자라 운선도인에게 거둬지고 무림으로 건너간 건우였다. 뿌리를 따지자면 건우는 고려인이었다. 당시에 말투가 어눌하다고 무시를 많이 당했고 면전에서 오랑캐 취급하는 놈들도 많았다. 특히 무림인들은 더욱 그러했다. 비무 대회도 참가하지 못할 정도였다. 결국 비무행으로 박살을 내버렸지만 말이다.

"무슨 이야기를 하려고 이렇게 뜸을 들여요? 그냥 빨리 본론을……"

"흐흐, 그게 내 즐거움이야. 급한 일도 없잖아? 좀만 참아주라. 일단 이것 좀 볼래?"

건우는 석준을 바라보다가 고개를 살짝 웃고는 고개를 끄덕였다. 석준은 태블릿 PC를 꺼내 동영상을 재생하고는 건우에게 보여주었다.

편집한 뉴스였다.

[베이징 왕징에 있는 코리아타운입니다. 시민들의 행렬이 가게를 떠나 길 밖까지 한참이나 이어집니다. 이곳이 중국에 얼마 없는 삼계탕 전문점이기 때문입니다.]

화면 속에서는 사람들의 줄이 엄청나게 이어져 있었다. 중국 사람들이 왜 삼계탕을 먹으려고 아침부터 저렇게 줄을 서고 있는지 건우는 이해할 수 없었다.

시민들과의 인터뷰가 대박이었다.

[신성이 요리해 주잖아요! 그거 보고 왔습니다. 4시간 동안 차 타고 왔어요.]

[신성 오빠의 손길을 느끼기 위해 왔습니다.]

[먹으면 건강해진다면서요?]

저번 화에서 골골대는 여주인공을 위해 신성이 직접 요리를 해주는 장면이 나왔었다. PPL을 받은 포장된 닭고기를 쓴 것이었는데, 이질감 없이 잘 전개했다는 평을 받았다. 지윤의 엄청난 먹방 실력이 화제가 되기도 했다. 그런 지윤을 흐뭇하게 바라보는 건우의 눈빛은 상당히 달달했다.

'사실은 체했었지만……'

지윤이 허겁지겁 먹는 것을 연기하다 보니 급체가 와서 건우가 응급조치를 해줬다. 다행히 병원에 갈 정도는 아니었고 금방 좋아져서 촬영이 밀리지는 않았었다.

화면에서 가게 주인이 함박웃음을 짓고 있는 것이 보였다. 한국인을 대상으로 하는 가게였는데, 순식간에 대박이 난 것이다.

[‘별을 그리워하는 용’의 스트리밍 조회 수가 13억을 돌파하고 있는 가운데, 배우 이건우에 대한 관심이 나날이 높아지고 있습니다. 각종 패러디 영상 또한 중국 현지에서 화제입니다. 중국에서도 대세남으로 자리 잡은…….]

해외에서 이렇게 관심을 받는다는 사실을 알게 되니 기분이 묘해졌다. 이런 식의 해외 진출은 생각조차 못했었다.

'인터넷의 힘이 정말 대단하네.'

건우는 그렇게 생각했다.

석준 또한 화면에 나왔던 가게 주인처럼 함박웃음을 짓고 있었다. 그는 해외 시장, 특히 중국 시장이 얼마나 큰지 아주 잘 알고 있었다. YS에서도 중국이나 일본에 진출했던 아이돌들이 꽤 많았다. 모두 다 중국 관계자에게 적지 않은 돈을 쥐어주어야 했는데, 건우는 해당되지 않았다. 고도로 발달된 인터넷 세상에는 경계가 없었다.

건우 자체가 콘텐츠였고 마케팅이었다.

건우는 태블릿 PC에서 눈을 떼고는 석준을 바라보았다.

"이 정도일 줄은 몰랐네요."

"한국은 물론 중국에서도 CF 제의가 엄청 왔어. 구체적인 금액은 상의를 하고 말해줄게."

이제 본론이 나오는 모양이었다.

"음, 그리고 아직 제의일 뿐이지만 요즘 중국에서 가장 핫한 예능 프로그램에서 널 초대했어. 1회 출연인데, 출연료는 6억 정도야. 스케줄이 겹치면 전세기도 대준다더라."

"6억이요? 엄청나네요."

"아마 드라마가 완결 날 때쯤이면 더 올라갈 것 같아. 좀 더 안달이 나게 해야지. 오래 살고 볼 일이야. 우리 애들 출연 제의했을 때는 지방 TV프로그램이라도 갑질 엄청 해댔거든. 중간에서 사기도 많이 쳤고. 너 덕분에 나도 이제 어깨 좀 펴고 다닌다."

억대 출연료가 문제가 아니었다. 중국 쪽이 원해서 진출했다는 의미가 컸다. 석준의 입장에서 중국 같은 해외시장은 황금 알을 낳는 거위였다.

소속사 입장에서는 중국 시장을 염두에 둘 수밖에 없었다. 그래서 중국인 연습생을 선발하는 것이다. 그러나 문제가 많았다. 중국 출신의 아이돌들이 계약 기간 중에 무단으로 중국으로 도망간다던지 하는 일들이 심심치 않게 일어났다. 한국에서 몇백만 원의 출연료를 받기보다 중국에서 억 단위의 돈을 받으니 눈이 돌아가는 것이다.

꽤나 떠들썩했던 일들이라 건우도 알고 있었다. 실제로 YS에서도 큰 피해를 입었다. 소송이 진행 중이기는 했지만 결과가 좋지 않을 거라는 예측이 지배적이었다.

'그래서 중식을 먹는 거구만.'

건우는 고개를 끄덕이면서 피식 웃었다. 중식을 좋아하지는 않지만 나름 기념하고 싶었던 모양이다. 그동안 받은 무시를 되갚아주겠다는 의미도 있는 것 같았다. 석준도 빚지고는 못 사는 성격이니 말이다.

"물 들어올 때 꽉꽉 젓자."

"알겠습니다."

"건우, 너 영어 좀 하던데, 중국어는 어때?"

언어 공부는 꾸준하게 하고 있었다. 워낙 암기력이 좋다 보니 큰 장애물은 없었다. 중국어는 건우가 알고 있던 옛날 언어와는 많이 달랐다. 그래도 습득은 아주 빠른 편이었다.

"영어만큼은 해요."

"잘됐네. 알아서 잘하니 내가 뭐 해줄 게 없네."

"그냥 가끔 술이나 사주세요."

"하하하, 그건 당연한 거지. 아무튼 본격적으로 윤곽이 나오면 그때 제대로 이야기하자. 일단 알아만 둬."

석준은 기분이 무척이나 좋아 보였다. 건우로서도 저렇게 좋아하는 석준은 오랜만에 봤다.

"아! 그리고 나 조금 있으면 슈퍼 케이팝 시즌3 촬영 들어가. 모니터링 좀 해줘라."

"심사위원으로 나가는 거죠?"

"나도 이미지 관리 좀 해야지. 기타리스트 때는 독설가 이미지였잖냐. 이제는 푸근하고 상냥한 그런 이미지로 바꾸려고."

"음… 얼마나 갈지는 모르겠는데, 뭐… 노력하면 뭐라도 되겠죠."

건우는 석준의 생각대로 되지 않을 것임을 확신했다. 저번에 출연했을 때도 독설가로서의 이미지만 더 굳어졌을 뿐이었다.

참가자들을 여럿 울려 꽤나 많은 질타를 받기도 했다. 그래도 웃긴 것은 YS에 오고 싶어 하는 이들이 대부분이었다. 부족한 부분을 따끔하게 지적해 주는 것이 백 마디 달콤한 말보다 훨씬 와닿았기 때문이다.

둘은 꽤 오랫동안 식사를 했다. 밀린 이야기를 하느라 바빴다. 석준은 건우가 출연한 모든 것을 모니터링하고 있었는데, 이런저런 조언을 해줬다.

"음, 드라마 끝나고 곡 작업 한번 해볼래?"

"노래요?"

"요즘 앨범 내달라고 네 팬들이 서명운동하는 거 못 봤냐? 황금태양 썩힌다고 나 엄청 욕하더라."

"저야 좋죠."

"좋아! 내가 팍팍 밀어줄게. 빌보드 한번 털어보자!"

건우는 석준의 말에 피식 웃었다. 석준은 자신이 구상하고 있는 곡들을 말해주었다. 석준이 만든 히트곡은 엄청 많았다. 올해 데뷔한 걸그룹 샤인의 타이틀곡도 석준이 만든 곡이었다.

신나서 말하는 석준의 모습은 너무나 행복해 보였다.

그는 YS 대표이기 이전에 기타리스트였고 작곡가였다. 건우 같은 말도 안 되는 가창력을 지닌 가수와 곡 이야기를 하는 것은 그에게 너무나 큰 행복이었다.

건우도 처음에는 흥미만 갖다가 어느덧 의견을 교환하고 있었다.

"요즘 가요계에 정통 발라드 쪽이 좀 부족하긴 해. 옛날만큼 사람들의 감성을 자극하는 목소리가 별로 없거든. 그건 타고나야 하는 거야. 너처럼."

"전 댄스곡도 해보고 싶긴 한데."

"그건… 음, 좀 그렇다. 아! 요즘 작곡하고 있는 거 들어볼래?"

"네."

석준은 보물 창고에서 보물을 꺼내듯 조심스럽게 건우에게 작업한 곡들을 보여주었다. 곡의 느낌은 좋았다. 건우의 내공이 저절로 반응할 정도로 좋았다.

'좋은데?'

건우는 즉석에서 허밍을 해보았다. 곡에서 느껴지는 감정의 흐름에 따라 가볍게 목소리를 내었다. 석준이 그걸 듣다가 바로 녹음했다.

"야, 좋다. 이거 분명 대박이다! 오늘 잠 안 오겠는데."

"곡이 좋네요."

"건우야, 이 곡 네가 작사해 볼래?"

"제가요?"

"연습하는 셈 치고 가볍게 해봐. 이참에 작곡도 배워라."

건우는 고개를 끄덕였다. 작사나 작곡은 건우가 평소에도 무척이나 흥미가 있었던 분야였다. 배우이기는 하지만 원래 가수를 지망했었으니 말이다. 본격적인 곡 작업은 드라마가 끝난 다음으로 정해졌다.

석준과의 식사를 마치고 차에 올랐다. 차에 오르는데 주변에서 시선이 느껴졌다.

마스크를 쓰고 있지만 용케 알아본 기자들이 건우를 주시하고 있었다. 건우를 꾸준하게 따라다녀서 이제는 일상처럼 되어버렸다.

건우는 다이버 검색 창에 자신의 이름을 써보았다.

<지금 중국에서는 이건우 열풍?>
<중국을 굴복시킨 신성! 이건우!>
<수억 출연료 전망이 나와… 비판의 목소리도>
<무분별한 해외 진출, 몸값만 올려>
<한류스타 이진국, 일본 팬미팅 예정>
<이진국 "이건우 게 섰거라!">

여러 기사가 떴다. 자신의 이름을 썼는데 이진국의 기사도 떠올랐다.

건우를 비판하는 기사들도 꽤 있었는데 그것과는 다르게 블로그나 카페 게시글은 모두 호감 일색이었다.

'나도 이제 한류스타인가?'

건우는 그런 생각을 하며 웃었다. 한류스타들이 TV로 나올 때 마냥 부럽다고 생각했었는데 실제로 그런 위치에 올라보니 실감이 잘 나지는 않았다. 그래도 상당히 기분이 좋아져 웃음을 지을 수밖에 없었다.

그의 기분을 가장 좋게 만든 것은 돈이었다.

세월이 아무리 지나도 역시 돈이 최고이기는 했다.

3. 자업자득

류웨이는 신경질적으로 변했다. 자신을 편들어주던 여론이
모두 떠나 버렸고 이제는 자신을 비난하고 있었다. 한때는 황
금태양의 인기에 힘입어 류웨이도 사이다 발언으로 추앙받으
며 인지도가 올라갔었다. 덕분에 신이 난 류웨이는 이건우를
공격하는 데 선봉장 역할을 했다.

　그러나 지금은 그 모든 것들이 아주 치명적인 독이 되어버
렸다. 커뮤니티 사이트에서는 온갖 조롱과 악플이 도배되어
있었고 자신의 사진은 이건우와 비교되며 비하용으로 쓰였다.

　특히 자신의 이름이 들어간 기사마다 댓글은 모두 '정의 구

현'으로 도배되었다.

너무 스트레스를 받아 드라마 촬영을 펑크 낸 적도 있었다. 당장에라도 한국을 떠서 중국으로 돌아가고 싶었지만 그와 친한 이진국 때문에 참고 있는 것이었다.

류웨이가 속한 소속사는 이진국의 작은 아버지가 대표로 있는 곳이었다. 그가 다른 아이돌처럼 계약을 씹어버리고 중국으로 넘어가지 않은 것은 이진국과의 의리 때문이었다. 좋은 것도 같이 먹고, 은밀한 것도 함께했기에 류웨이는 그를 의형제라고 생각하고 있었다.

비밀이 없는 사이라고 보면 되었다.

'아, 빌어먹을. 이건우 그 새끼가……'

매일 즐겨 듣던 황금태양의 노래가 이제는 더 이상 감동적이지 않았다. 질투와 분노만 나올 뿐이었다.

소속사에서는 이건우에게 정식으로 사과하라고 했지만 류웨이는 그럴 마음이 전혀 없었다. 하도 소속사가 그렇게 나오니 SNS에 글을 남기기는 했는데 오히려 역풍만 몰고 왔다.

류웨이는 억울했다. 애초부터 그런 빌미를 제공한 이건우에게 잘못이 있다고 생각하고 있었다. 이진국은 그나마 류웨이에 비해서 욕을 덜 먹었는데, 류웨이가 방패막이를 해주는 느낌이 들기도 했다.

류웨이는 인상을 구기며 핸드폰을 바라보았다. 핸드폰에 있는 수많은 영상이 나락으로 떨어진 그의 기분을 끌어 올려 주었다.

이진국은 외모가 빼어난 여러 연습생들과 사귀며 사진이나 동영상을 남겼는데, 그의 컴퓨터를 둘러보다가 몰래 복사해 온 것이었다. 비밀번호가 걸려 있었지만 같이 지낸 세월이 길어 쉽게 진입할 수 있었다.

미성년자부터 20대 중반까지 다양했다. 류웨이가 특히 좋아하는 건 이진국이 중학생 정도로 보이는 연습생을 가지고 노는 장면이었다.

'정말 대단하단 말이야.'

마약 파티.

난교의 현장. 그야말로 퇴폐의 끝이었다.

특히 성 접대는 제법 재미가 쏠쏠해 보였다. 이진국은 그쪽에서는 마당발로 통했다. 저번에 대상을 수상한 것도 그 역할이 컸다. 아버지라는 든든한 백도 있고 말이다.

류웨이가 참여했던 장소도 있었다. 같이 있으면서 몰래 찍은 영상은 그의 핸드폰에 잘 보관되어 있었다. 그러나 이진국의 컬렉션에 비하면 새 발의 피였다.

류웨이는 이진국의 영상 중에서 미나의 노출 사진이 마음에 들었다. 요즘 핫한 신인 걸그룹 샤인의 멤버였는데, YS로 가기 전에 프로필 사진을 촬영한다는 빌미로 찍은 노출 사진이었다. 그녀가 머물렀던 연습생 숙소에서 몰래 찍은 영상 역시 즐겨보았다.

풋풋한 모습이 그의 마음을 설레게 만들었다.

'이번에 데뷔한 년이었지? 진국이 형이 꼬신다고 하던데.'

사진을 찍었을 때는 벌써 3년 전이었다.

그때는 이진국도 뜨기 전이라서 이런저런 영상을 남겼지만 뜨고 난 후부터는 이미지 관리를 했다. 영상들도 모조리 처분했고 말이다. 혹시나 누가 복구라도 할까 봐 하드웨어를 박살 내면서 완전히 없애 버렸다. 류웨이가 몰래 빼오지 않았다면 말이다.

류웨이는 SNS 계정에 접속했다. 페이스클럽이라는 SNS였는데, 비공개 계정을 통해 가입된 멤버들끼리 여러 가지를 공유할 수 있었다.

이진국을 주축으로 만들어진 '일존'이라는 그룹이었다. 멤버는 소수 정예로 류웨이까지 포함해서 4명이었다. 연예계에 그럭저럭 영향력이 있는 가수, 배우로 구성되어 있었다. 그러나 시시하게도 주로 남 험담이나 몰래 찍은 도촬 사진들이 올라왔다.

일정 주기로 모두 삭제하니 유출될 염려는 없었다. 페이스클럽 완전 삭제 보장 시스템으로 삭제를 하게 되면 티끌만큼의 데이터도 남지 않아서 많은 이들이 애용하고 있었다.

벌써 3년째 이어온 그들의 모임이었다.

일존 이진국

(사진 첨부)

여기 이건우 애미가 하는 가게라는데, 애들 써서 난동 좀 피워볼까? 존나 구멍가게인 줄ㅋㅋㅋ. 그지 새끼답네.

─RE: 류웨이: ㅋㅋ형님 저도 데려가시죠.

─RE: 이진국: @류웨이 오냐. 그 새끼 질질 짜는 거 보고 싶네.

부회장 김사우

(사진 첨부)

이년이 진국이가 작업 중인 년이냐?

요즘 데뷔한 샤인의 미나? 맞지? 암튼 개꼴리게 생김. 진국아, 나 함 줘라. 미유는 버렸냐?

─RE: 일존 이진국: 미유? 그년 존나 떨떨함. ㅋㅋ나는 그냥 미나한테 정착할란다. 연습생 시절에는 몰랐는데 겁나 꼴릿함. 나도 이제 순애 이미지로 가야지.

─RE: 엘레나: 오빠, 미유 그년 존나 싸가지 없어요. 꼬박 꼬박 말대꾸함.

류웨이는 여러 글들에 동조하며 흐뭇해했다. 일존에는 여성 멤버도 있었다. 이미 성공한 스타였다. 수입도 엄청났고 이미지도 그럭저럭 괜찮았다.

뭔가 더욱 새로운 자극이 없기 때문인지 수위 높은 사진들을 올리기도 해서 보는 맛이 있었다. 이미 볼 거 못 볼 거 다 본 사이라서 거침이 없었다.

요즘 관심사는 이건우이다 보니 이건우에 대한 욕들이 엄청 많았다. 류웨이는 그걸 보고 기분이 조금은 나아졌다.

그도 켠 김에 글을 남기기로 했다.

류웨이
(사진 첨부)
이건우? ㅋㅋ존나 애비 없는 개그지 새끼ㅋㅋ.

시발 좆도 아닌 새끼가 존나 나대네. 나랑 붙으면 울면서 엄마한테 달려갈걸ㅋㅋㅋ.

아, 시발 근데, 전지윤은 존나 부럽긴 하다ㅋㅋ. 나였으면 존나 핥는다. 진짜.

─RE: 엘레나: 미친놈ㅋㅋ. 오늘 약 빨았냐.

상체를 드러내고 허세를 잡는 포즈로 찍은 사진과 함께 글을 올리자 바로 댓글이 달렸다.

류웨이는 피식 웃으며 핸드폰을 내려놓고 거울을 바라보았다. 역시 잘생겼다고 생각했다. 조금만 더 꾸미면 그 짜증 나는 이건우와도 충분히 견줄 수 있을 것 같았다.

'짜증은 나지만 사과는 해야겠네.'

어쨌든 잡음이 많은 상태니 사과는 하기로 마음을 먹었다. 이건우를 욕하다 보니 마음이 조금은 풀렸다.

다시 영상들을 감상하다가 페이스클럽을 켤 때였다.

'응? 왜 로그인이 풀렸지? 어라?'

의문을 가지고 다시 로그인을 해보았다.

류웨이

이거 완전 쓰레기 새끼들이었구만!

정의 구현 완료.

정의는 승리한다!

자신이 남기지 않은 글이 올라와 있었고 비공개였던 글들이 모두 공개로 바뀌어 있었다.

'좆됐다.'

류웨이의 등에 식은땀이 줄줄 흐르기 시작했다. 두 눈동자가 마구 떨렸다.

그때였다. 류웨이의 스마트폰이 마구 울리기 시작했다.

류웨이는 침을 꿀꺽 삼켰다.

＊　　　　　＊　　　　　＊

어느덧 날씨가 완전히 풀리고 급격히 더워졌다. 이제 조금 있으면 완연한 여름이 될 것이다.

더워지는 날씨만큼이나 '별을 그리워하는 용'에 대한 반응은 뜨거웠다. 절정에 이르는 후반부였는데, 초반의 재미가 사라지지 않고 오히려 갈수록 더욱 흥미진진해지고 재미있어진다는 평이 대부분이었다. 흡입력 부분에서는 거의 마약이라는 평가를 받을 정도였다.

그에 비해 경쟁작이었던 '무지갯빛 남자'는 본래 30부작으로 계획되어 있었지만 조기 종영의 가능성도 점쳐지고 있었다. 드라마가 재미도 없고 거기에 이진국과 류웨이의 인성 논란까지 터지면서 시청률이 더욱 하락한 것이었다.

예전이었다면 시간이 지나면 잊힐 일이었지만 요즘은 그동안 했던 발언이나 남겼던 글들이 아예 박제가 되었다.

'별을 그리워하는 용'은 지원을 팍팍 받아 당초 예상했던 것보다 훨씬 좋은 연출을 담아낼 수 있었다. 경쟁작이 없다시피 1위를 달리고 있으니 전폭적으로 지원해 주는 것은 당연한 일이었다. 사전 제작 드라마가 아니라 얻을 수 있는 몇 안 되는 장점이었다. 덕분에 최민성 PD는 자신의 역량을 모두 폭발시켰고, 이선 작가 역시 최민성 PD에게 힘이 되어주었다.

'귀신이라도 나올 것 같은 곳인데?'

건우는 남양주에 있는 폐공장 지역에 와 있었다. 다 무너져 가는 폐공장은 음습한 장면을 찍기 딱 좋았다. 사유지였는데, 촬영 협조를 받았다.

폐공장답게 분위기는 어두웠다. 멀쩡한 벽들이 거의 보이지 않았고 문이나 철골들은 녹슬어 있었다. 난잡한 낙서와 쓰레기들도 가득해 마치 귀신이라도 나올 분위기였다.

실제로 이곳에 감도는 기운은 좋지 않았다. 음기가 가득해 미세하게나마 사람에게 영향을 끼칠 정도였다. 기가 허한 이들이라면 소름이 끼치거나 헛것을 볼 수도 있었다.

건우에게는 아무런 영향이 없었지만 일반인들이 오랫동안 이곳에서 산다면 좋지 않을 것이다.

'그나저나 시간이 참 빨리 흘러가네.'

벌써 이번 년도의 반이 지나 버렸다. 달빛 호수, 마스크 싱어를 지나 '별을 그리워하는 용'도 이제 클라이맥스로 치닫고 있었다. 눈을 감고 떠보니 어느새 여기까지 온 것이다. 그야말로 순식간이었다.

'흥미진진한데.'

시나리오는 역시 훌륭했다.

이후의 대본도 거의 다 나왔다. 쪽대본은 없다는 입장이었고, 보다 좋은 완성도를 위해 약간의 수정 작업만 할 뿐이었다.

오늘 찍는 신에 대해서 최민성 PD와 무술 감독은 대단히 공을 들이고 있었다. 동진이 연기하는 백사가 건우의 여의주를 얻어내기 위해 깡패들을 세뇌시켜 지윤을 납치하게 한다. 건우와 협상을 통해 여의주를 얻어내서 승천할 생각이었지만 여의주는 지윤의 영혼 속에 있었다.

그래서 건우가 지윤을 찾아낼 수 있었던 것이다.

이무기가 사람을 해치면 그동안 쌓은 공력이 무너져 약해지게 된다는 설정도 재미있었다. 백사의 경우는 완전히 타락하여 요괴가 되었기에 그런 패널티가 없었다.

다친 지윤을 보고 분노한 이무기의 포스가 돋보이는 신이었다. 박살 나고, 부서지고, 날아가고 하는 부분이 많았는데, 사전 점검을 상당히 오래했다.

"분위기 살벌하네. 으… 밖은 더웠는데 여기는 싸늘하네."

"밤에 오면 볼만하겠네요."

"으으, 무서운 소리 하지 마. 내가 말했었나? 옛날에 영화 찍을 때… 숙소에서 가위 눌렸는데 귀신을 봤어. 진짜 너무 무서워서 덜덜 떠느라 삼 일 동안 잠도 못 잤어."

지윤이 팔을 쓰다듬으며 그렇게 말했다. 생각만으로도 끔

찍한지 지윤은 겁먹은 표정이 되었다. 다친 분장을 하고 있어 지윤의 이마에는 피가 묻어 있고 입술도 터져 있어 불쌍해 보였다. 그런 모습으로 움츠리고 있으니 절로 동정심이 생겼다.

그에 비해 건우는 이름만 들어도 부담스러운 명품 정장을 입고 있었다. 조금 더워 보이기는 했지만 건우는 땀 한 방울 흘리지 않았다.

"안녕하세요? 건우 씨. 저 기억하십니까?"

덩치가 산만 한 남자가 다가왔다. 검은 정장에 흉터 분장이 되어 있어 딱 봐도 보통 사람은 아닌 것으로 보였다. 건우도 알고 있는 자였다. 달빛 호수 때 건우와 합을 맞춰봤던 액션배우 중 한 명이었다. 당시에 건우와 가장 이야기를 많이 한 액션배우이기도 했다.

"안녕하세요? 오랜만이네요. 잘 지내셨어요? 결혼하셨다고 들었는데……."

"하하, 네. 제 와이프가 건우 씨랑 아는 사이라니까 안 믿더라구요. 축의금도 보내주셨는데……."

"그래요?"

"그래서 부탁 좀 해도 될까요?"

건우는 흔쾌히 액션배우와 같이 사진을 찍었다.

그가 처음 건우를 만났을 때와 지금은 완전히 달랐다. 그때는 싹수가 보이는 배우였지만 1년도 지나지 않아 대세 배우의 위치에 있는 것이다. 물론, 그때나 지금이나 건우는 똑같았다. 그것을 액션배우가 가장 절실하게 느끼고 있었다. 먼저 와서 인사를 했고, 선배님이라고 불러주며 예의 바르게 대했다. 그게 쉬운 일 같았지만 인기에 취한 배우들이 변하는 과정을 그는 많이 보아왔다. 특히 건우처럼 데뷔하자마자 팍 뜬 자들은 더더욱 그랬다.

건우는 액션배우들과 함께 동선을 체크하며 리허설을 몇 번했다. 딱히 건우가 하는 액션은 없었다. 달빛 호수 때는 합을 맞추느라 꽤 시간이 걸렸지만 이번 신에서는 그냥 폼 나게 걸어가면서 팔을 휘두르면 되었다.

와이어 액션을 적극 사용해서 사람들이 팍팍 날아갈 예정이었다.

"야! 거기 조명 왜 그래?"

"잠시만요! 이게 왜 갑자기 이러지?"

폐공장 안은 그 분위기로만으로도 음산했지만 적절한 조명 효과는 그 분위기를 더욱 고조시켰다. 조명이 음기에 반응해 깜빡거리는 것이 보였다.

갑작스러운 현상에 지윤은 잔뜩 겁먹은 눈치였다. 건우는 음기가 모여 있는 곳을 바라보다가 음기를 흩어버렸다. 그러자 조명이 다시 정상적으로 작동했다.

"거, 건우야. 뭐, 뭐 보여?"

"뭔가 저기에 있는 것 같은데요? 저기 봐봐요."

"자, 장난치지 마."

지윤이 스태프들이 많은 쪽으로 도망쳤다. 아마 오늘 잠은 다 잤을 것이다.

리허설을 마치고 본격적인 촬영이 시작되었다. NG가 나면 세팅을 다시 해야 했기에 신중했다. 영화 같은 영상미로 호평을 받고 있었는데, 이번 신이 그 정점을 찍을 예정이었다. 제작비가 확 늘어난 덕분에 파격적인 시도가 가능했다.

폐공장 밖에서 건우가 걸어오는 신부터 시작이었다. 타오르는 분노를 억누르고 있는 느낌으로 촬영에 임했다. 건우는 순식간에 몰입되어 압도적인 연기력을 보여주었다. 꾸준한 연기 공부 덕분에 이제는 흠을 찾기 힘들 정도가 되었다. 예전에는 조금 과하거나 감정의 호흡상에 문제가 있었는데, 지금은 노련한 중견 배우처럼 능숙하게 조절했다. 다만 배역에 대한 몰입이 과하다는 것이 문제였다.

극중 주인공의 심경을 대변하는 것은 건우의 연기력만이 아니었다. 건우의 복장과 어울리는 배경, 그리고 말라비틀어진 뱀의 모형이나 기타 아이템들이 향후 주인공의 운명, 그리고 주인공이 중대한 결심을 했음을 알려주었다. 최민성 PD는 직접적으로 극중 인물을 통해 이야기를 하는 방식보다는 이렇게 장치를 깔아놓는 방식을 좋아했다.

건우는 이야기에 빠져들었다. 부분부분 끊어가는 촬영 방법이 몰입을 깨기는 했지만 크게 영향을 끼치지는 못했다. 마치 '별을 그리워하는 용'의 세계에 직접 들어와 주인공에 빙의한 것처럼 완전히 혼연일체가 되었다. 연기란 상대를 속이는 것도 있지만, 그 전에 자기를 속이는 과정이라 생각되었다.

건우는 스태프들과 편하게 지내는 편이었다. 분장팀과 특히 친했는데, 건우에게 장난까지 칠 정도였다. 그러나 지금은 건우에게 친근하게 굴었던 스태프나, 분장팀들도 건우에게 말을 쉽게 못 걸었다. 그만큼 건우의 몰입이 엄청났다. 혼자서 현장 분위기를 좌지우지하는 배우는 한국은 물론 세계에서도 드문 편이었다. 특히 건우만큼 젊은 배우는 존재하지 않았다.

폐공장 내부 신 촬영이 시작되었다. 와이어를 단 액션배우들과 조연배우가 보였다. 건우가 밀면 와이어를 당겨서 쭈욱 날아가는 형식이었다. 가장 임팩트 있는 장면이니 건우도 최대한 신경을 써서 연기에 임했다.

건우는 전체적인 신을 머릿속에 그려보았다.

연기를 떠나 현실에 대입해 보기도 했다. 편집과 연출에 따라 장면이 확 바뀔 테지만 전체적인 틀은 그의 생각과 비슷할 것이다.

인간이 아닌, 이무기 이신성이 폐공장으로 진입했다. 어두운 폐공장 안은 적막했다. 신성의 발걸음 소리만 들릴 뿐이었다. 그의 표정은 너무나 싸늘했다. 눈빛은 살기로 번뜩였지만 표정은 변화가 없었다.

"저 새끼 뭐야? 밖에 있는 애들은 뭐 했어?"

검정 양복을 입은 깡패가 신성을 보더니 인상을 구겼다. 신성이 몇 걸음 걸어가자 뒤에 서 있던 덩치들이 그대로 쓰러졌다. 나윤아의 모습이 보이자 신성은 조용히 겉옷을 벗었다. 손가락을 튕기자 뒤에 쓰러져 있던 깡패가 인형처럼 몸을 일으켜 신성의 겉옷을 정중한 태도로 받았다.

깡패들이 그 모습에 움찔했다.

"죽여!"

각목과 날붙이를 든 깡패들이 달려들었다. 날붙이가 신성의 가슴에 꽂혔다. 나윤아가 비명을 질렀지만 오히려 깡패가 신음을 흘리며 피가 나는 손을 움켜쥐었다. 날붙이가 박살 나 바닥에 떨어졌다.

신성이 그를 가볍게 손으로 밀쳤다.

"우억!"

깡패는 뒤로 쑤욱 하고 날아가 바닥을 굴렀다. 신성이 손을 뻗으며 옆으로 휘젓자 옆에 서 있던 여러 명의 깡패가 무엇인가에 얻어맞은 것처럼 옆으로 날아가더니 창문을 뚫고 사라졌다. 비명 소리와 사람이 바닥에 떨어지는 둔탁한 소리만이

들려올 뿐이었다.

신성과 눈이 마주친 깡패들이 들고 있던 각목과 날붙이를 떨어뜨렸다. 그들은 도망치려 했지만 목을 부여잡고는 무릎을 꿇었다. 신성이 지나치자 그대로 몸을 부르르 떨다가 바닥에 쓰러졌다.

"오, 오지 마!"

깡패 한 명이 칼을 들고 덜덜 떨면서 발악하듯이 외쳤다. 나윤아를 인질로 잡으려 했지만 눈을 감았다 뜨니 신성이 그의 눈앞에 있었다.

"으, 으아악!"

신성의 손에 잡힌 칼이 그대로 부서졌다. 신성이 부들부들 떨고 있는 깡패를 보다가 이마를 톡 하고 밀었다. 깡패는 뒤로 쭉 밀려나 벽에 부딪히며 바닥에 떨어졌다.

"대체……?"

멍한 표정으로 신성을 바라보는 나윤아의 얼굴이 보였다. 신성은 씁쓸한 표정으로 그녀를 바라보다가 고개를 돌렸다.

건우가 생각한 것과 비슷하게 촬영이 진행되었다. 중간에 몇몇 장면이 변경되기는 했지만 대략적으로는 비슷했다. 건우의 위압감 넘치는 모습에 액션배우들과 조연배우가 영향을 받아 더 좋은 장면이 연출되었다. 액션배우 중 한 명이 조금 다치기는 했으나, 그 덕분인지 생각했던 것 이상으로 좋은 장면이 뽑혔다.

생각과 다른 점이 또 있다면 촬영 시간이 무척이나 길었다는 점이었다.

해가 저물어서 조명으로 대신해야 했다.

장비 문제로 촬영이 조금 길어졌지만 예정 시간 안에 끝났다. 시청률의 고공 행진 탓에 촬영 강행군 속에서도 스태프들의 얼굴에는 생기가 있었다. 무박 3일에 걸친 강행군 끝에 촬영이 마무리되었다. 추가된 부분도 있었고 수정된 부분도 있어 촬영이 길어졌다. 장소도 많이 옮겨 다녔는데, 전국을 다 돌아다닌 것 같은 느낌이 들었다.

건우는 몰입이 가져다주는 여운을 느끼며 잠시 그렇게 서 있었다.

지윤이 피곤한지 하품을 했다.

"집에 가면 삼 일은 잘 것 같아."

"갑자기 더워져서 고생이 심했지."

"맞아. 얼굴에 뭐도 막 나고… 근데 너는 방금 샤워한 것처럼 뽀송뽀송하네."

기름기 하나 안 보이는 건우의 뽀송뽀송한 피부를 지윤이 부러운 눈으로 바라보았다. 화장을 한 것도 아닌데, 너무 사기라고 생각했다.

"그럼 먼저 가보겠습니다."

건우는 모든 배우와 스태프에게 인사를 한 후 밴에 올랐다.

승엽의 표정이 좋지 않았다. 기분 나쁜 일이 있어도 잘 티내지 않는 승엽이었는데 의외였다. 승엽이 저런 표정을 짓는 것은 무언가 큰일이 터졌을 때였다.

"뭐야, 무슨 일 있냐?"

"내 일은 아닌데……."

승엽이 다이버에 들어가 보라고 말해줬다. 건우는 의아함에 고개를 갸웃했다. 무슨 일인지 도저히 감이 잡히지 않았다. 승엽의 표정을 보면 좋지 못한 일이 확실했다. 아마도 자신에 관련된 일일 것이다.

'내가 무슨 짓 했나?'

드라마 촬영 외에 최근에 무엇을 했는지 떠올려 보았다. 자살방지 홍보대사였으니 최근에 행사에 참여해서 도왔고, 동진과 술을 마신 것 외에는 생각나지 않았다. 딱히 나쁜 일이라고 생각될 구석이 없었다. 건우는 의아한 마음을 가지고 스마트폰을 켜서 다이버 앱을 실행했다.

1. 이진국
2. 류웨이 페이스클럽
3. 이건우

4. 미나 이진국

...

7. 이건우 모욕

8. 엘레나 노출 사진

실시간 검색어가 이상했다. 이진국을 검색해 보니 기사들이 엄청 많이 나와 있었다. 기사를 비롯해 여러 블로그의 글들을 보는 건우의 표정이 점차 굳어져 갔다.

이진국과 류웨이가 자신에 대해 입에 담을 수 없는 욕을 한 글들이 캡처되어 올라와 있었다. 자신에 대한 욕은 그럭저럭 넘어갈 수 있더라도, 어머니의 가게에서 난동을 피우겠다는 글은 건우의 얼굴을 굳게 만들었다.

건우의 눈빛이 차갑게 가라앉았다. 운전을 하던 승엽이 그 분위기에 압도되어 침을 꿀꺽 삼켰다.

'어디서 난동을 피우겠다고?'

그냥 자신을 비하할 목적으로 가볍게 쓴 글임을 알고 있었다. 그러나 용서해 줄 생각은 전혀 없었다. 결코 하지 말아야 할 발언이었다. 자신을 향한 모욕이라면 회사의 방침이나 사과에 따라 참고 넘길 수 있을 테지만, 이것은 가볍게 넘길 수 없었다. 법과 사회가 용서한다고 해도 건우는 절대 용서할 수 없었다.

건우는 분노를 가라앉히며 모든 기사를 읽었다. 마침 이진국의 소속사, 그리고 류웨이의 소속사 측에서 공식 입장을 발표했다.

안녕하십니까?

굿큐브 엔터테이먼트입니다.

최근 불미스러운 사건으로 인해 실망하고 상처 입으신 모든 분들께 사과드립니다.

...

(중략)

...

현재 이건우 씨를 만나 사죄 중입니다.

앞으로 이런 문제가 발생하지 않도록 최선을 다하겠습니다.

꽤 글이 길었는데, 요점을 파악하자면 '이런 발언을 한 것을 사과드리고 다시는 이런 일이 없도록 하겠다. 그러나 비공개 계정이었고 해킹에 대한 피해자인 것도 이해를 해달라. 현재 이건우와 만나서 사죄를 하는 중이다.'

이 정도였다.

그러나 이진국에게 연락이 온 것은 없었다. 승엽에게 물어

보니 YS로도 연락이 오지 않았다고 한다.

'열받게 하네.'

건우는 어이가 없어 웃음이 나왔다.

이런 기분은 정말 오랜만이었다. 이진국이 지금 당장 건우의 눈앞에 없는 것이 다행이었다. 만약 있었다면 건우가 막대한 고통을 주며 살아 있는 것을 후회하게 만들었을 테니 말이다.

*   *   *

얼마 지나지 않아 굿큐브 측에서 YS로 연락이 와서 사죄의 뜻을 밝혔다. YS는 강경하게 나간다는 입장이었는데, 건우가 일단 사과를 받아들이기로 했다. 조건이 있었다. 바로 자신과 직접 만나서 사과를 해야 한다는 조건이었다.

얼마 전 데뷔한 샤인은 가만히 있다가 날벼락을 맞았다. 이 진국이 미나를 언급한 탓이었다. 이미지 타격은 없었지만 미나는 불안 장애 증상까지 보여 입원을 했다고 한다. 미나 건에 한해서는 고소까지 가기에는 애매한 사안이기는 했으나 석준은 절대 용서할 수 없다는 입장이었다.

건우는 자신의 건에 한해서는 직접 만나서 진심 어린 사과를 하면 용서해 주겠다고 말했다.

"너무 착한 거 아니냐?"

석준이 건우에게 한 말이었다. 그러나 건우는 자신이 착하지 않다고 생각했다. 하늘이 두 쪽 나더라도 이번 일은 그냥 넘어갈 수 없었다.

용서는 그저 만나기 위한 구실이었다.

은혜와 복수는 몇 배로 갚아줘도 부족함이 없다.

그것이 건우의 마음가짐이었다. 그래도 육체적 상해를 입히거나 하지는 않을 것이다. 엄연히 이 사회는 법으로 돌아가니 말이다. 그들이 결코 증명할 수 없는 범위에서 박살을 내버릴 생각이었다.

이진국과 류웨이는 이미 이미지가 나락으로 떨어졌다.

건우를 욕한 것 이외에 음담패설과 엘레나와의 난잡한 관계가 이미 만천하에 드러나 있었다. 엘레나는 아이돌 출신의 솔로 가수였는데, 청순한 이미지로 발라드를 불러 인기가 꽤 있던 가수였다. 그러나 이번 해킹 사태로 인해 가요계에서 아주 긴 휴식기를 갖는다고 한다.

이진국과 류웨이도 마찬가지였다. 난감하게 된 것은 그들이 찍고 있던 드라마, '무지갯빛 남자'의 제작진 측이었다. 제작사 측에서는 아직 공식 입장을 내놓고 있지는 않지만, 주인공 교체, 심지어 종영까지도 염두에 두고 있는 것으로 알려졌다.

'자숙한다고 잠깐 쉬고 와서 또 활동하겠지.'

좋은 일로 이미지 전환도 하고, 좋은 역할의 작품도 하다 보면 대중은 쉽게 잊고 과거의 흑역사 정도로 생각할 것이다. 게다가 벌어놓은 돈도 많을 테니 은퇴한다고 해도 일반인보다 호화스러운 삶을 살 것이다.

이진국은 배경도 든든하니 더더욱 그랬다.

이진국의 매니저를 통해 건우에게 연락이 왔다. 룸 형식으로 되어 있는 고급 술집에서 보자는 것이었다. 무슨 사과를 술집에서 하는가 싶었지만 건우는 별다른 말을 하지 않았다. 장소는 상관없었다.

건우는 알려준 술집으로 갔다. 연예인들이 편하게 마시고 싶을 때 자주 가는 곳이었다. 술집을 통째로 빌렸는지 손님은 없었다. 건우가 술집 안으로 들어오자 종업원이 건우를 안내해 줬다.

약속 시간에 맞춰왔음에도 건우가 먼저 도착해 있었다. 건우는 자리에 앉으며 피식 웃었다. 이진국과 류웨이는 사과를 해야 하는 입장임에도 뭔가 자존심 싸움을 하는 것이 느껴졌다.

그게 무척이나 가소롭게 느껴졌다.

건우가 15분 정도 기다리자 이진국과 류웨이가 모습을 드러냈다. 이진국은 표정 관리를 하고 있었지만 류웨이는 표정이 굳어 있었다.

"차가 막혀서 좀 늦었네요."

이진국은 사람 좋은 미소를 지으며 그렇게 말했다. 건우는 이해한다는 듯 고개를 끄덕였다. 이진국이 잠시 머뭇거렸다. 류웨이는 건우와 시선을 마주치지 않고 있었다.

이진국이 먼저 입을 떼었다.

"일단… 한잔하실래요?"

"그러죠."

고급 양주가 나왔다. 건우는 이진국을 바라보았다. 건우의 차가운 시선과 눈이 마주치자 이진국이 움찔했다. 류웨이도 침을 꿀꺽 삼켰다. 건우의 기세는 일반인이 견딜 수 있는 것이 아니었다.

술잔을 쥔 이진국의 손이 덜덜 떨렸다.

"뭘 그리 무서워하십니까?"

"크, 크흠……."

건우가 기세를 거두며 웃자 이진국과 류웨이는 살짝 숨을 내쉬며 어색하게 웃었다. 이진국은 조금 자존심이 상하는지 애써 덤덤한 척했다.

"크흠. 저. 그……."

이진국이 사과의 말을 하려 하자 건우가 잔을 들었다. 술을 마시고는 다시 어색한 침묵이 내려앉았다.

건우는 내력을 끌어 올렸다. 이제는 무공의 힘을 보다 세부적으로 컨트롤할 수 있었다. 감정을 불어넣는 것은 일도 아니었다. 그리고 그 강도와 효과도 조절이 가능했다.

내력 소모도 극심하고 정확한 효과를 위해서는 일정 시간과 몇몇 전제 조건이 필요하기는 했다. 하지만 이 정도만으로도 대단한 것이었다. 기인이사가 많은 무림에서도 통용될 것이다. 그 파괴력을 실험해 볼 좋은 대상이 있었다.

건우는 자신에 대한 호감 그리고 신뢰의 감정을 불어넣었다. 내력을 계속 쏟아부어야 그 감정이 유지될 테지만 어차피 오래 있을 생각은 없었다.

술을 마시며 서서히 그 강도를 올리자 둘의 태도가 완전히 달라졌다. 불과 한 시간도 되지 않아서 일어난 결과였다.

"하하! 건우가 이렇게 나랑 잘 맞는 줄 몰랐어! 알지? 그냥 장난이었어. 이 형이 미안하다."

"그러네요. 참 좋은 후배 같아요. 아예 의형제를 맺죠. 하하! 야, 나도 악의는 없었어. 이 바닥에서 생활을 하다 보면 그럴 수도 있는 거지."

이진국과 류웨이는 마치 친형제처럼 건우를 대했다. 솟아나는 호감과 친밀감을 한껏 드러내고 있었다. 그게 지나쳐 간이고 쓸개고 다 내줄 분위기였다.

"한 잔 더 먹어라."

건우의 목소리는 마약과도 같았다. 이진국과 류웨이는 술이 들어가니 이성이라는 장벽이 급격히 허물어졌다. 더욱 감정적인 상태가 되었다.

건우는 전력으로 내력을 끌어 올렸다. 건우의 내력이 그들의 감정을 완전히 손아귀에 넣자 제정신을 못 차리기 시작했다. 완전히 건우에게 홀려 버렸다. 섭혼술이라는 사술이 생각날 정도였다.

'미나가 입원했다고 했지? 뭔가 있는 것 같은데.'

미나와 친분은 없었지만 지나가며 본 적이 있었다. 하연과 더불어 인사를 부담스럽게 잘하는 아이들이었다. 건우도 이번 사건으로 미나가 이진국의 소속사 굿큐브에서 온 것을 알게되었다.

알아볼 필요성이 있었다. 건우는 조금 무리하게 내력을 운용했다. 회복하는 데 시간이 좀 걸리겠지만 과감하게 내력을 소모시켰다.

이진국은 건우에게 모든 것을 털어놓고 싶은 욕구가 생겨나기 시작했다. 도저히 입이 간지러워서 견딜 수가 없었다.

건우는 미소를 유지하며 입을 떼었다.

"그 일존이란 그룹에 대해서 이야기 좀 해봐."

"하하하! 그냥 뭐 애들 따먹고 그런 거 올리는 데지. 흐흐. 내가 왕년에 연습생 애들 겁나 후리고 다녔잖냐. 사진이랑 동영상 몰래 찍어서 공유했는데, 크흐~! 혹시 몰라서 다 지워

버렸어."

"YS 애들도 있냐?"

"물론. 이번에 데뷔한 걸그룹 샤인 알지? 거기 미나의 몸매가 아주 그냥… 사진 뿌린다고 은근히 겁주니까 벌벌 떨더라. 이미 다 넘어왔어. 그냥 너 줄까?"

샤인의 리더가 하연이었고 미나가 랩을 맡고 있었다. 하연이 귀여운 이미지라면 미나는 섹시한 이미지였다.

이진국은 자랑하듯 모두 말하기 시작했다.

아주 쓰레기였다. 연습생들을 데뷔시켜 준다고 꼬셔서 하룻밤 장난감으로 쓰는 것은 다반사였다. 최근에는 미유에서 미나로 갈아타려고 노력 중이었다. 예전에 찍은 사진들이 있다는 뉘앙스를 남기며 은근히 강압적으로 나가는 중이라 했다. 이진국이 이성을 잃고 실실 쪼개며 웃기 시작했다. 눈에 초점이 풀려갔다.

류웨이도 제정신이 아니긴 마찬가지였다.

"다 말해."

"히히, 사실 내가 남겨놨지. 내 핸드폰에 있어."

"줘봐."

류웨이가 핸드폰을 건우에게 주었다. 핸드폰을 살펴보니 많은 동영상과 사진이 있었다.

성 접대, 마약 파티, 도촬, 그리고 애플톡에 있는 성 접대에 대한 이야기.

미나의 것으로 보이는 것도 있었고 그녀의 모습을 도촬한 동영상도 꽤나 많았다. 프로필 촬영을 빌미로 몰래 촬영한 노출 사진들, 그리고 특히 탈의실과 화장실 몰카는 너무나도 변태적이었고 악의적이었다.

지금 당장 유출될 걱정은 없더라도 류웨이가 한국 활동을 그만두고 자기 나라로 돌아가게 되면 또 모르는 일이었다. 이 중 하나라도 유출되었다가는 미나의 연예계 생활은 끝났다고 봐도 무방했다.

그만큼 수위가 강했다.

방송 관계자들과 성 접대 자리를 갖는 동영상도 있었다.

변태적인 성향 외에 이진국은 결정적으로 브로커 역할을 했다. 유명인들과 이어주며 콩고물을 받아먹기도 했고 든든한 인맥으로 이용하기도 했다.

생각보다 그 스케일이 컸다.

건우가 대상을 못 받은 정황도 있었다.

'더럽구나. 과거나 지금이나 변한 게 없어.'

그야말로 퇴폐의 끝이었다.

화려함 뒤에 가려진 어두운 부분이 얼마나 추악한지 건우도 잘 알고 있었다. 무수히 많은 시간이 흘러도 그것은 변하지 않을 것이다.

'그래도 다행이군.'

알아보기를 잘한 것 같았다.

건우는 연습생들의 도촬 동영상과 사진을 모두 지웠다. 따로 백업해 둔 것은 없다고 하니 핸드폰에 있는 것들만 지우면 될 것이다.

석준의 얼굴이 떠올랐다. 석준은 연습생들을 가족처럼 대했다. 자질이 부족해 데뷔하지 못하더라도 다른 활로를 찾아줄 정도로 말이다. 만약 미래에 미나의 사진과 동영상이 유출된다면 석준이 대처할 수 있는 방법은 없을 것이다. 영원히 인터넷에 떠돌아다니며 지워지지 않는 상처로 남을 테니 말이다.

건우가 지우지 않고 남겨둔 것들도 있었다. 성 접대와 관련된 것들, 일존의 멤버들이 마약 파티를 하는 동영상과 사진이었다. 대마초부터 시작해서 한국에서는 좀처럼 구할 수 없는 마약까지 종류가 아주 다양했다.

'영원히 없어지지 않는 상처라……'

딱 좋았다.

굳이 건우가 번거롭게 뼈와 근육이 분리되는 고통을 느낀다는 분근착골의 수법을 쓰거나, 기타 다른 방법을 쓸 필요는 없을 것 같았다.

건우는 류웨이를 바라보며 스산한 미소를 지었다.

자업자득이다.

*　　　　*　　　　*

류웨이는 머리가 깨질 것처럼 아파왔다. 깨어나 보니 집이
었다. 어제 건우에게 사과를 하고 아주 좋은 분위기에서 술을
마시기 시작한 것까지 기억이 났다. 그러다 중간중간에 기억
이 끊겼는데, 건우가 먼저 돌아간 것은 기억하고 있었다. 거의
사랑에 빠진 것처럼 샘솟았던 건우에 대한 감정이 대부분 사
라졌다.

'왜 그랬지?'

너무나 의아했다. 그래도 이건우에 대해 나쁜 생각은 전혀
들지 않았다. 직접 만나기 전까지는 어떤 식으로든 복수한다
고 생각하고 있었지만 지금은 그냥 넘어갈 수준은 되었다.

'진국이 형이 데려다줬나?'

무슨 일이 있었던 것 같은데 잘 떠오르지 않았다.

류웨이는 주사가 있는 편이었다. 류웨이는 이상한 기분이
들었다. 무언가 여운 같은 느낌인데, 죄책감과 비슷했다. 마약
을 처음 하고 나서 느꼈던 그런 우울한 기분이었다. 간신히 일
어나 거울을 보니 두 눈이 엄청 부어 있고 온몸이 멍으로 가
득했다.

"뭐야⋯⋯?"

아직도 눈시울이 붉어져 있었고 얼굴에는 온통 눈물 자국이 남아 있었다. 술 먹고 우는 것은 그의 주사가 아니었다. 류웨이는 숨을 헐떡였다. 갑자기 밀어닥치는 우울함에 절로 눈물이 뿜어져 나왔다. 자신도 왜 그런지 이해할 수 없었다.

핸드폰이 울렸다. 핸드폰을 보니 부재중 통화가 엄청나게 많았다. 시계를 보니 새벽 1시였다. 그는 정신이 없는 와중에 전화를 받았다. 이진국이었다.

"네, 형⋯⋯."

―야, 이 개새끼야!

"네? 왜 그러세⋯⋯."

―뒈지고 싶냐? 씨발! 죽여 버린다! 개 같은⋯⋯.

이진국의 입에 담을 수 없는 욕설이 이어졌다. 류웨이는 인상을 잔뜩 찌푸릴 수밖에 없었다. 이진국을 좋아하기는 하지만 이건 아니었다.

우울함이 겹치며 눈물이 계속 쏟아졌다.

"마, 말이 좀 심하신데요? 흐, 흐어어엉."

류웨이의 그런 말에도 이진국의 욕설이 이어졌다. 이성을 잃은 것처럼 보였다.

―빨리 지워! 지우라고! 아아아악!

"뭔 말⋯ 흐, 흐흑."

순간 벼락이 치는 것처럼 무언가 떠올랐다. 갑자기 밀어닥친 죄책감에 눈물을 줄줄 흘리며 영상을 찍었던 기억이 났다. 그때는 세상이 무너질 것처럼 두려웠다.

속에 있던 모든 말을 하고 싶었다.

류웨이의 손이 덜덜 떨렸다. 침을 꿀꺽 삼키며 자신의 페이스클럽에 들어갔다. 3시간 전에 쓴 게시글이 보였다. 동영상이었다.

새파랗게 변한 안색으로 재생해 보았다.

[크허어허헝… 자모해쓰빈다. 으허어어.]

딱 봐도 술에 취한 것처럼 보였다. 얼굴이 붉었고 횡설수설하고 있었다. 횡설수설 말하고 있었지만 무슨 말인지는 알아들을 수 있었다.

건우를 오늘 만나보니 너무 좋은 사람이었다. 그래서 그를 욕한 자신에게 화가 난다는 내용을 시작으로 횡설수설하다가 말미에서는 이진국과 저지른 일들에 대해 짤막하게 말했다.

이진국이 약을 권유했다는 것이 주된 내용이었다. 그리고 몰래 찍은 동영상도 언급했는데, 모조리 지워 버렸다고 말했다.

'허억!'

분명 자신이 저지른 일이었다. 드문드문 기억이 있었다. 술에 취한 것이 확실했다. 빠르게 영상을 지웠지만 핸드폰에 있던 다른 것들도 올라와 있었다. 자신이 올린 건지 기억이 나지 않았지만 경황을 보건데 그런 것 같았다.

"어어억!"

그것이 방금 술에 취해 올린 영상보다 훨씬 심각했다.

류웨이는 눈물을 흘리며 부들부들 떨리는 손으로 재빠르게 올린 모든 것을 지웠다. 그리고 계정을 비공개 전환했다. 갑자기 밀어닥치는 급격한 스트레스로 인해 구역질이 나왔다. 화장실에서 변기를 붙잡고 오랫동안 그렇게 헛구역질을 했다.

거울을 바라보니 새파랗게 질려 있는 자신의 얼굴이 있었다.

류웨이는 침을 꿀꺽 삼켰다. 한국에서 활동할 수 없다면 중국으로 떠나면 그만이었다. 그러나 자신이 올린 것 중에는 그러기 힘든 것도 있었다. 바로 마약 파티였다.

소름이 끼쳤다.

어떻게 이런 일이 벌어진 걸까?

주사가 있기는 했지만 이 정도는 아니었다. 저번에 약을 한 것의 부작용인가?

많은 생각들이 스쳐 지나갔다.

"우웩!"

어떻게 대처해야 할지 감조차 잡히지 않았다.

왜인지 환하게 웃는 이건우의 얼굴이 떠올랐다.

신기하게도 이런 상황이 왔는데도 그 미소를 싫어할 수가 없었다. 이건우를 떠올리면 기이하게도 죄책감이 다시 치솟는 느낌이었다.

쾅쾅!

"문 열어! 으아아아!"

류웨이는 문을 부술 듯이 두드리는 소리에 눈앞이 캄캄해졌다.

*　　　*　　　*

연예계 최대의 스캔들, 아니, 연예계 최대의 범죄였다. 술에 취한 류웨이가 폭로한 것은 대한민국에 큰 충격을 몰고 왔다. 연예인 성 접대 리스트와 연예계 곳곳에 파고들어 있는 마약, 연습생에 대한 협박 등은 결코 가볍게 볼 사안이 아니었다.

성 접대에 가담한 굿큐브 대표와 여러 기업인, 정치인이 줄줄이 밝혀졌다. 이진국이 브로커 역할을 했다는 결정적인 증거도 있었고 마약을 하는 동영상이 여과 없이 돌아다녔기에 도저히 발을 뺄 수 없었다. 연습생을 도촬한 정황까지 포착되어 사회적 질타가 엄청났다. 연예계 생활은커녕 대한민국에서 살아갈 수 없을 정도였다.

이진국과 류웨이를 시작으로 관련된 인물들이 줄줄이 엮여 들어갔다. 40여 명이 넘는 배우, 코미디언, 가수를 포함한 연예인들이 입건되었다.

여러 소속사의 가수와 배우들이 조사를 받았는데, 유일하게 조사를 받지 않은 곳이 YS였다. YS에 관련되어 있는 인물도 연습생 시절에 잠깐 있었다가 다른 소속사로 간 이들이 대부분이었다.

성 접대와 관련해서는 굿큐브 엔터테이먼트의 임원들과 기업가, 정치인들까지 조사 중이었다. 결과가 발표된다면 엄청나게 많은 사회적 파장이 일어날 것이라는 예측까지 나왔다.

지금까지 밝혀진 것만으로도 대한민국을 충격에 빠뜨리기에 충분했다.

<이진국, 마약, 성접대, 도촬까지?>
<무지갯빛 남자', 종영 결정>
<류웨이 추방 절차 밟나?>

asw3****: 와, 진짜 미친놈들이네.
lmsd****: 거시기 잘라 버려야 함.
kass****: 조사 결과 나올 때까지 단언하지 말자.

—RE: fog2****: 뭔 조사 결과ㅋㅋ. 이진국 약 빨고 지랄한 거 다 떴구만ㅋㅋ.

—RE: tot5****: 10대 연습생들 끌고 가서 성 접대시켰다고 함ㅋ. 그래서 저번에 대상을 받은 거라네ㅋㅋ. 존나 현실이 더 판타지임ㅋㅋ.

—RE: aoe3****: 류웨이가 술 먹다가 이건우에게 감동 먹고 다 자백했다는데.

—RE: sow2****: ㅇㅇ. 이건우도 그것 때문에 조사받았다고 들었음.

rosa*: 패드립 속에서도 사과받고 상담해 준 이건우, 대인배 ㅇㅈ?

—RE: sow2****: ㅋㅋ부처님도 이 정도는 아닐 거임ㅋㅋ.

건우는 그 모든 상황을 강 건너 불구경하듯 바라보았다.

그 어떤 동정도 없는, 통쾌한 마음뿐이었다. 결국에 수갑을 찬 이진국의 모습은 처량하기 그지없었다. 끝까지 자신은 떳떳하다며, 조작된 증거라고 말하는 모습은 모든 이들의 정을 떨어뜨리게 만들었다. 시간이 지날수록 이진국은 처참하게 망가졌고 관련자들 역시 마찬가지였다.

피바람이 불고 있는 연예계와는 달리 건우는 아주 평화롭게 드라마 촬영 일정을 소화했다. '무지갯빛 남자'가 잠정 중단

되면서 이제는 진짜 경쟁 상대가 아예 없어져 버렸다.

이제 '별을 그리워하는 용'은 최종화만을 남겨놓고 있었다. 이미 모든 촬영이 끝났고 건우는 아직까지 여운에 시달리고 있었다. 배역에 대한 몰입이 너무 강한 탓에 내부를 관조하는 시간을 거쳐야 했다.

건우는 비록 빌려온 것이지만 '사랑'이라는 감정을 처음 느꼈다. 배역에 빠져 있을 때는 나윤아를 사랑했고, 마지막에 자신이 죽어 헤어질 때는 배역과 자신을 구분하지 못할 지경까지 되었다.

동진과 대치할 때는 진짜 살기를 쏘아낼 뻔해서 식겁했던 적도 있었다. 동진이 그래도 경험이 많고 담이 큰 배우가 아니었다면 NG를 아주 많이 냈었을 것이다.

'결국 조금 실수했지.'

과한 몰입으로 내공이 바닥날 정도로 발산했다. 넓게 퍼진 덕분에 리온 때와 같은 부작용은 없었지만 전 스태프들이 전부 울거나 눈시울을 붉혔다. 특히 최민성 PD는 갈라진 목소리로 오케이를 외치고는 눈물을 펑펑 쏟아냈다.

건우는 이런 몰입 과다 증상이 무공의 유일한 부작용이라고 생각했다. 어쩔 수 없는 일이었다. 자신이 감당해야 하는 일이기도 했다.

모든 것에는 장단점이 있게 마련이었다. 휩쓸리지 않기 위해서는 정신력을 부단하게 키워야 했다.

건우는 한동안 칩거하면서 감정의 여운을 빼는 데 집중했다.

'내 감정이 다 가짜가 되는 것이 아닐까?'

그런 생각까지 들었다. 이렇게 진짜 감정과 연기를 위한 가짜 감정의 구분이 힘들어지게 된다면 무엇이 진짜인지 구별하지 못하는 날이 올 것 같았다. 어쩌면 그것을 견디지 못하고 오욕칠정을 버려 무림에서 말하는 신선처럼 될지도 몰랐다. 어쩌면 그가 지금 익히고 있는 무공이 그것을 위한 무공인지도 몰랐다.

'어려운 문제야.'

건우는 내부 관조를 마치고 한숨을 내쉬었다. 평소의 그대로 돌아왔지만 가슴이 빈 것 같은 허전함이 존재했다. 유난히 술을 마시고 싶어지는 날이었다.

건우는 핸드폰을 들었다. 석준에게 연락을 해보았다.

"형님 바쁘세요?"

―어어, 애들 교육 중이야.

"최근에 좀 많은 일들이 있기는 했죠."

―그래, 젊은 나이에 성공하게 되면 다른 쪽으로 쾌락을 쫓고 그러더라. 꿈을 심어주는 게 가장 중요한 것 같아.

석준은 밝았다.

미나가 무사히 복귀했고, 샤인이 대박 행진을 이어가고 있었기 때문이다. 샤인과 활동 시기가 겹치는 걸그룹 중에서도 이번 마약 사태에 관련된 이들이 꽤 있어서 지금 현재 독주하다시피 하고 있었다.

―그래, 무슨 일이냐?

"아, 이번에 중국 건 때문에요. CF는 들어온 게 있나 해서요."

―엄청 많지. 대박 났다. 금액이… 아! 일단 메일로 보내줄게. 이번 주에 다시 만나서 이야기하자.

"네, 알겠습니다."

―그래! 건우야, 사랑한다.

석준과 술이라도 한잔하려 했지만 바쁜 모양이었다. 연기 공부 중인 승엽이를 불러내기도 뭐했다. 건우가 고개를 설레 젓다가 수련이나 하려고 몸을 풀 때였다.

누군가에게 전화가 왔다. 리온이었다.

―후배님, 뭐 하십니까?

"운동합니다."

―지금 바쁘십니까?

"네. 많이요."

건우가 그렇게 대답하자 리온이 웃었다. 건우도 피식 웃었다.

―저번에 한 약속 있지 않습니까?

"아, 네."

—그거 지금 쓰려는데 괜찮습니까?

"음, 그러죠."

리온이 팬미팅 때 크게 활약을 해줘서 한번 도와준다는 약속을 하긴 했다. 리온이 술이나 한잔하자며 자신의 가게로 와달라고 했다. 마침 술이 고프기도 했고, 상대가 리온이면 부담이 없었다.

건우는 가볍게 차려입고 마스크와 모자를 쓴 다음 리온의 가게로 향했다. 그래도 건우를 알아보는 이들이 꽤 있어 조금 지체되었다. 건우는 도저히 얼굴을 드러내 놓고 다닐 수 없었다. 순식간에 사람들이 모여들어 인산인해를 이루기 때문이었다.

가게에 들어가니 리온이 건우를 맞이했다. 손님이 꽤 많았다. 장사가 아주 잘되는 모양이었다. 가게의 벽에는 연예인들의 사진과 사인이 가득했다. 리온의 가게는 나름 이 지역에서 유명한 곳이었다.

"후배님, 오랜만이네요."

"그러네요."

"방으로 가시죠. 제 전용 룸입니다. 이번에 인테리어를 다시 했지요."

건우는 환하게 웃는 리온의 모습에 피식하고 웃었다. 리온은 늘 한결 같았다. 처음에 그 싸가지가 없는 모습도, 지금의 모습도 모두 리온이었다. 건우가 주입한 감정 때문에 크게 각성했다고 하더라도 지금 보여지는 게 리온의 참모습인지도 몰랐다.

"사장님 전용 메뉴로 드시죠."

"그러죠."

"크, 제가 대세 스타 이건우와 이렇게 독대하다니 영광이네요."

리온의 말에 건우는 고개를 내저었다.

"리온 선배는 대세 뮤지션 아닙니까? 저번에 음원도 1위했던데."

"다 후배님 덕분입니다."

"제가 뭘 했다고……."

"그런 게 있습니다. 하하!"

호탕하게 웃는 리온이었다. 건우는 궁금했다.

리온이 먼저 약속을 잡는 경우는 드물었다. 술은 종종 마셨지만 진희와 마시다가 도중에 리온이 나오는 경우가 대부분이었다.

"근데 갑자기 무슨 일이에요?"

리온은 긴장한 표정이 되었다. 뭔가 지은 죄가 있는 듯한 표정이었다.

"사실은… 아! 마침 도착했다네요."

"네?"

방문이 열리고 익숙한 누군가가 들어왔다.

"아, 안녕하세요? 선배님."

"네, 안녕하세요. 근데 어떻게……?"

미나였다. 미나가 조신하게 리온의 옆에 앉았다. 건우는 리온과 미나를 번갈아보다가 무언가 이상한 기류를 눈치챘다. 내공을 끌어 올려보니 핑크빛 색채가 가득했다. 건우의 마음이 흔들릴 정도로 말이다.

"죄송합니다."

리온이 그렇게 말했다. 미나도 죄를 지은 표정이었다. 미나는 건강해 보였다. 이진국이 잡혀 들어가면서 마음의 짐을 덜은 것으로 보였다.

건우는 난감했다.

"아니, 제가 시아버지도 아니고 죄송할 필요가… 음, 뭐. 이야기나 들어봅시다."

"그게……."

사귄 지는 6개월이 넘어갔다고 한다. 시연과 하연을 통해 만났는데, 늘 우울한 표정이었던 미나가 마음에 걸려 상담을 하다 보니 그렇게 되었다고 한다.

'이진국이 압박을 줄 때였네.'

이진국은 미유에게도 수작을 부리면서 미나에게도 치근덕거린 화려한 역사를 자랑했다.

미나가 건우에게 고개를 숙였다.

"감사합니다. 선배님께 감사하다고 말하고 싶었어요."

"네? 무슨 말인지⋯⋯."

"그⋯ 이진국한테 당한 연습생 중에 저도 있었거든요."

"아⋯⋯."

건우는 모른 척했다. 리온은 화난 표정이었는데 아마도 미나에게 들은 모양이었다.

"저는 사과받고 술 마신 것밖에 없어요."

미나는 눈물을 글썽였다. 마음고생이 심했던 모양이다. 리온이 미나를 토닥여 주었다.

아무튼 건우에게 직접 감사를 전하며 리온과의 관계를 밝히고 싶었다고 한다. 둘이 사귀는 것은 진희도 이미 알고 있었고 하연도 알고 있었다.

'석준이 형도 어느 정도 눈치는 채고 있겠지?'

석준은 곰 같은 덩치를 지녔지만 눈치는 엄청나게 빨랐다. YS에는 연애 금지 조항 같은 것은 없었지만 이제 막 데뷔한 아이돌이니 관리는 분명 해야 했다.

"제가 상관할 문제는 아니지만⋯ 절대 들키면 안 될 것 같네요."

"네, 알고 있습니다."

리온은 진지했다. 그 모습이 낯설어 건우는 피식 웃었다.

둘이 좋아한다는데 자신이 상관할 바가 아니었다. 어쨌든 책임은 저 둘이 질 테니 말이다. 석준을 생각하면 곤란했지만 그래도 조금은 저 둘을 응원하고 싶기는 했다.

결코 가짜가 아닌 진심이 느껴졌기 때문이다. 그리고 아직 정신적으로 불안한 미나에게도 기댈 사람이 필요하기는 할 것이다.

'진짜라……'

건우는 술잔을 들며 환한 미소를 짓고 있는 둘을 바라보았다. 리온이 무언가 생각났다는 듯 건우를 바라보았다.

"진희 선배도 부를까요?"

"요즘 바쁠 텐데요."

"에이, 여기 후배님이 있는데 거절할 수 있을까요?"

리온이 바로 진희에게 전화를 했다. 스피커폰으로 켜놓았는데, 진희가 아주 퉁명스럽게 받았다.

─뭐야. 또 시답지 않은 이야기할 거면 끊어.

"선배, 좀 나오시죠."

─나 잔다. 또 염장 지르려고 하냐?

"건우 후배님도 있는……"

─뭐, 꺄악!

"스피커폰인데요."

―크, 크흠. 그, 그래? 음, 어디로 가면 되니?

진희는 여전했다. 잠시 술잔을 기울이고 있자 진희가 도착했다. 잔뜩 꾸미고 온 티가 났고, 숨을 헐떡이고 있었다. 건우를 보자마자 진희는 눈시울을 붉혔다.

"건우야, 엄청 오랜만이야!"

"그러네."

건우는 진희와 가벼운 포옹을 했다. 진희가 건우를 바라보며 행복한 미소를 지었다. 그러다가 고개를 돌려서 미나와 리온을 번갈아 보았다.

"뭐야, 니들. 염장 지르고 있었어?"

진희는 건우를 볼 때와는 전혀 다른 얼굴이 되었다.

본격적인 술자리가 시작되었다. 리온은 가게에 있는 좋은 술을 가져왔다.

진희는 역시 술이 강했다. 리온과 미나는 알딸딸한 표정이었는데 진희는 멀쩡했다.

진희가 건우를 반짝반짝한 눈으로 바라보았다.

"그래서 어떻게 되는 거야? 응? 너 죽어? 또?"

"글쎄."

"좀 말해주라."

'별을 그리워하는 용'의 결말에 대한 것은 모두의 관심사였다.

"선배, 미리 알면 재미없잖아요."

"그렇긴 한데……."

리온의 말에 진희가 아쉽다는 듯 건우를 바라보다가 술잔을 비웠다.

"건우야, 너 중국에서 장난 아니더라. 조회 수가 20억을 돌파했어. 중국 연예인들이 너랑 지윤이 언니 따라하고 난리도 아니던데?"

"뭐, 하나도 안 똑같지만. 누가 우리 후배님을 따라할 수 있겠어요?"

진희와 리온의 말이었다.

건우도 자신의 팬카페를 둘러보다가 본 적이 있었다. '별을 그리워하는 용'에서 나온 장면을 따라 하는 중국의 연예인들이 있었다. 건우는 누군지 하나도 몰랐지만 꽤 유명한 연예인들인 모양이었다.

진희가 술병을 들고 리온을 노려보았다.

"뭐야, 안 마셔?"

"아, 선배. 좀 천천히 마셔요."

진희와 리온은 즐거워 보였다.

건우는 미소를 지으며 그들에서 뿜어져 나오는 감정을 느꼈다. 가슴이 허전했던 것이 금세 사라져 버렸다.

건우는 진짜 감정은 신기루처럼 사라지는 것이 아니라 여러 추억과 기억으로 변해 가슴에 남아 있는 것임을 깨달았다. 감정은 사람의 흔적이었다.

건우가 입가에 미소를 띠우자 분위기가 확 밝아졌다.

"건우야, 제일 비싼 거로 시키자. 어차피 저놈 가게잖아."

"아, 선배. 민폐 좀 그만 끼쳐요. 미나가 보는데 부끄럽지 않나요?"

"와, 대박. 너 완전 미쳤네."

진희와 리온은 티격태격했다.

건우는 이 자리가 진심으로 즐거웠다. 아마 앞으로도 그럴 것이다.

4. 한류스타 이건우

'별을 그리워하는 용'의 엔딩이 어떻게 될지가 초미의 관심 사였다. 스포일러를 막기 위해 극비리에 찍었는데, 다행스럽게 도 유출 같은 불미스러운 일은 없었다.

다만 추측성 기사들만 나올 뿐이었다.

〈짐작해 보는 결말, 새드 엔딩?〉
〈이선 작가의 결말은 70%가 새드 엔딩〉
〈'별을 그리워하는 용'에 열광하는 이유〉
〈별그용! 일본 TV 방영 결정!〉

'별을 그리워하는 용'의 마지막 화가 방송되었다. 한국은 이미 케이블TV 사상 최고의 시청률을 갱신했는데, 그것보다 더한 곳이 바로 중국이었다.

스트리밍 서비스를 시작한 후로, 한국에서 방영한 후 다음 날 저녁쯤에 자막과 함께 바로 올라왔지만, 마지막 화는 한 시간 뒤에 바로 스트리밍 서비스가 되었다. 자막 작업은 다음 날에나 끝나기 때문에 자막이 없었다. 그러나 그런 것으로는 그들의 열정을 막을 수는 없었다.

직원들이 '별을 그리워하는 용' 때문에 하도 휴가를 많이 내서 마지막 화가 방영되는 날은 공식적으로 휴일을 준 회사도 있었다. 드라마 팬들이 모여 아예 커다란 극장을 빌리기까지 했다. 로우쿠에서는 직원까지 파견해서 적극적으로 그들을 지원해 주었다. 물이 들어올 때 꽉꽉 노를 젓고 있는 것이다.

한국에서 방영이 끝나고 여운에 젖어 있을 때, 중국에서 마지막 화가 시작되었다.

커다란 홀에 사람들이 잔뜩 몰려 있었다. 커다란 스크린과 빔 프로젝트가 설치되어 있었고 그 앞에 모두 옹기종기 모여 있었다. 중국 언론에서 그것을 취재할 정도로 열기가 뜨거웠다.

이건우는 이미 중국 최고의 스타들과 명성을 나란히 하고 있었다. 아니, 어쩌면 영향력은 더 클지도 모른다. 인물 검색어 1위에서 내려올 생각을 하지 않고 있기 때문이다. 지윤도 건우보다는 아니지만 대단한 유명세를 치르고 있었다.

중국 고위 관료가 13억 인구 중에 잘 찾아보면 이건우를 넘어서는 외모와 재능을 지닌 남자가 있을 거라고 했다가 한국은 물론 일본, 그리고 자국에서도 비아냥 섞인 말들을 들은 일화는 유명했다. 건우는 중국에서 고금제일미라는 칭호를 얻고 있었는데, 어떤 여배우도 얻지 못한 칭호라는 점이 신기한 부분이었다.

모인 이들은 카운트다운이 끝나길 기다렸다. 성미가 급한 이들은 한국 사이트에 접속해 부분적으로 올라온 영상을 보기까지 했다.

드디어 시작 시간이 다가왔다.

"5! 4! 3! 2! 1!"

"와아아아!"

모두 방송이 시작되자 환호를 질렀다.

오프닝이 시작되었다. '별을 그리워하는 용'의 오프닝 음악은 벌써 중국 여러 TV 프로그램에서 쓰일 만큼 유명했다. 물론 무단으로 가져다 쓰는 것이었다.

순식간에 장내가 조용해졌다. 아직 오프닝에 불과했지만 절대로 한 장면도 놓치지 않겠다는 의지가 피부로 느껴졌다.

인터뷰를 하려던 기자가 따가운 눈초리를 받고 조용히 구석에 앉을 정도였다. 만약 지금 누가 빔 프로젝트를 꺼버린다면 무사히 살아 돌아가지 못할 것 같았다.

"와."

"오!"

저번 화에 절묘하게 끊은 부분부터 시작되었다. 백사와의 싸움은 꽤 박진감이 넘쳤다. CG 느낌이 조금 나기는 했지만 건우의 연기력이 모든 것을 커버하고도 남을 정도였다. 사람들이 주인공, 이신성에게 몰입되어 이신성과 같이 웃고, 같이 고통스러워했다. 감정이 자연스럽게 동화가 되어 저절로 표정이 변하고 있었다. 이러니 다른 드라마는 도저히 볼 수가 없는 것이었다.

마약과도 같은 매력이 있었다.

너무 몰입하다 보니 신성이 상처를 입을 때 몸을 움찔거리는 이들도 많았다.

시간이 순식간에 흘러갔다.

백사와의 대결에서 백사를 없애는 데 성공했지만 큰 상처를 입은 신성은 자신의 최후를 직감했다.

그는 나윤아와 추억을 쌓으며 마지막으로 단란한 한때를 보냈다.

"허……."

"안 돼……."

그것이 너무나 슬프게 다가왔다. 분명 신성과 나윤아는 그 어느 때보다도 좋은 시간을 보냈다. 그러나 그런 좋은 분위기가 지속될수록 슬픔이 더욱 커져갔다. 눈물을 흘리는 이들이 생겨났다.

남자들은 자신인 신성이 된 것처럼 몰입했고 여자는 자신이 나윤아가 된 것처럼 슬퍼했다.

자신이 사라지는 것을 그녀에게 고백하는 장면은 눈물을 자아냈다. 나윤아가 통곡하며 몸에 있는 여의주를 제발 가져가라며 매달렸지만 신성은 마지막으로 환하게 웃으며 그녀를 껴안았다.

슬픔은 전염성이 강했다. 남녀노소 불문하고 눈시울이 붉어졌다. 해가 저물어 갔다. 나윤아의 품에서 신성이 빛의 입자로 변해 사라졌다.

"흐어어엉."

"너무 슬퍼."

나윤아가 슬퍼서 실신하는 장면은 너무나 가슴에 와닿았다. 그런 슬픔이 지나고 몇 년이 지났다는 한국어 자막이 떠올랐다.

신성과 걷던 거리를 여주인공이 혼자 걷고 있었다. 나윤아가 고개를 갸웃하며 뒤를 돌아본 순간 신성을 닮은 뒷모습이 보이며 드라마 OST가 흘러나왔다. 그것이 진짜 신성인지 아닌지 알 수 없는 오픈 엔딩이었다.

짝짝짝!

박수 소리가 터져 나왔다. 모두 여운에 푹 잠겨 있었다. 한국의 실시간 검색어를 점령한 것처럼 중국의 SNS와 검색 사이트를 모두 점령해 버렸다.

중국의 유명한 연예인들은 자신의 SNS에 엔딩 장면을 따라한 사진을 올리고, 그게 연예인은 물론이고 일반인들에게까지 유행이 되었다.

중국 사회에 이 정도로 막대한 영향을 끼친 드라마는 '별을 그리워하는 용'이 처음이었다. 자국 드라마조차 해내지 못한 일을 연이어 해내고, 새로운 트렌드를 만들어가고 있었다.

＊　　　　＊　　　　＊

건우는 드라마가 종영되고 나서 잠시 휴식기를 가졌다.

CF를 찍기도 했지만 드라마 촬영 스케줄에 비하면 노는 것과 마찬가지였다. 밀려드는 섭외를 거절하는 것도 곤욕이기는 했다. 이번 드라마에 대단히 많은 힘을 쏟아부어 한동안 휴식이 필요했다. 육체적으로는 괜찮았지만 정신적으로 부담이 되었다.

이제는 이신성이라는 배역에서 완전히 빠져나와 아무런 영향이 없었다. 어떤 배우들은 배역에 너무 심취해 우울증이 걸리거나 몸에 이상까지 온다고 하는데, 건우도 그 이야기에 공감했다.

오늘은 '별을 그리워하는 용'의 스태프와 배우들이 포상 휴가를 떠나는 날이었다. 발리로 간다는데 건우는 참여하지 못했다. 하필이면 그날 스케줄이 겹쳤기 때문이다.

"짐 다 쌌냐?"

"하루 있다 오는 건데 적당히 챙기면 되겠지."

승엽의 말에 건우가 그렇게 대답했다.

건우가 포상 휴가를 가지 못하고 이렇게 짐을 챙기는 이유는 바로 예전에 구두로만 오갔던 중국과의 계약이 체결되었기 때문이다.

물론 그때와 지금은 파격적으로 대우가 달랐다. 출연료가 8억대로 올랐고 중국에서 머물 때 드는 모든 비용을 그쪽에서 부담하기로 했다.

전세기는 건우가 부담스러워 거절했다. 처음으로 해외에 나가는 것이니만큼 한국 항공사를 이용해 보고 싶었다. 항공사에서 감사의 인사를 전해오기까지 했다.

"여권 챙겼어?"

"응."

승엽의 말에 건우는 고개를 끄덕였다.

건우는 난생처음 여권을 만들었다. 해외에 나가보는 것은 이번이 처음이었다. 흔히 가는 제주도도 가보지 못했고 태어나서 비행기 한번 타보지 못했다.

모든 것이 처음이었다. 그래서 설레는 마음이 있었다.

"기자들 엄청 많으니까 일단 사옥에 들러서 스타일링 좀 받고 가자."

"그래서 아침부터 찾아온 거구만. 그냥 저번에 코디해 준 걸로 입고 가도 되는데."

"야, 요즘에 공항 패션이 얼마나 중요한데. 너 출국한다는 거 알고 공항에 벌써부터 기자들이 쫙 깔렸다더라. 패션의 아이콘 이건우가 패션으로 망신당하면 안 되지."

"패션의 아이콘? 내가?"

건우의 일상 패션도 화제가 되어 돌아다니고 있었다. 간단하게 입은 것 같으면서도 모델을 압도하는 포스를 뿜어내고 있어 패션의 새로운 지평을 열었다는 다소 과장된 평가가 있었다.

건우는 자신이 패션 센스가 전혀 없다는 것을 인지하고 있었다. 그건 무공으로도 할 수 없는 건우의 유일한 단점인지도 몰랐다.

"하하, 그 소리 듣고 나도 좀 웃겼다. 너 옷 엄청 못 입는데 말이야. 아무튼 대표님도 지금 사옥에 계신대. 뵙고 가라."

"참나, 누가 보면 군대라도 가는 줄 알겠네."

"아무튼 이번 일이 YS에게는 의미가 상당히 큰 모양이야."

1박 2일, 아주 잠깐 갔다 오는 건데 주변에서 더 난리였다. 어머니한테도 전화가 왔고, 진희와 지윤, 그리고 리온에게도 연락이 왔다.

아무튼 건우는 짐을 챙기고 사옥으로 향했다. 이번 중국 스케줄은 승엽이 같이 가지 않았다. 승엽은 공항까지만 건우를 데려다주고 한국에 남아 있을 예정이었다. 승엽이 중국에서 할 수 있는 일은 없었다. 중국에 나와 있는 YS 사업부와 중국 업체에서 준비를 다 해놨기에 건우는 몸만 가면 되었다.

YS 사옥에 도착해서 전체적으로 스타일링을 받았다. 적당히 꾸민 듯한 깔끔한 복장이었다. 실험적인 패션을 하는 것보다 건우에게는 깔끔한 복장이 제일 어울렸다. 너무 복잡한 것은 건우의 취향도 아니었다. 스타일리스트는 깔끔하지만 단순하지는 않게 코디를 해주었다.

석준과 잠시 이야기를 나누다가 인천공항으로 향했다.

승엽이 룸미러를 통해 힐끔 하고 건우를 바라보았다. 건우는 영어로 된 책을 읽고 있었다. 승엽은 그런 건우가 대단히 신기했다. 차량으로 이동할 때면 공부에 중독된 것처럼 책을 봤기 때문이다.

승엽이 건우에게 왜 그렇게 열심히 하냐고 물었더니, 외국 영상을 볼 때, 자막으로는 배우의 느낌을 모두 이해할 수 없다는 말을 했다. 실제로 건우는 요즘 자막이 필요 없는 수준에 이르렀다.

"건우야, 너 작년 이맘때 뭐 했냐?"

"음… PC방에서 아예 살았지."

"너 게임도 더럽게 못하지 않았냐?"

"중간은 갔어."

건우는 고개를 설레 저으며 그렇게 대답했다. 작년까지만 해도 이런 삶을 살게 될 줄은 전혀 예측하지 못했다. 그때는 미래에 대한 두려움을 잊기 위해 게임 같은 유흥거리에만 몰두했었고, 늘 잠을 많이 잤다.

열정으로 극복하기에는 상황이 너무 좋지 않아 현실도피밖에 할 수 없었다. 한번 그러기 시작하면 마약처럼 헤어 나올 수 없는 것이다.

공항에 도착해서 내리자 많은 기자들이 기다리고 있는 것이 보였다. 기자들뿐만 아니라 팬들도 상당히 많았다. 대단히 이른 시간임에도 불구하고 무척이나 북적거릴 정도로 많이 모여 있었다.

드라마를 마치고 나서 첫 공식 일정이었다. 수억대의 출연료와 압도적인 시청률을 자랑하는 중국의 국민 프로에서 특집 편성을 할 정도이니 이런 관심을 갖는 것은 당연했다. 그것이 아니더라도 많은 사람들이 건우의 소식에 목말라 하고 있었다.

특히 황금태양을 기억하는 이들은 여전히 건우에게 제발 음반을 내달라고 청원하고 있었다. 안 그래도 석준의 제안을 받은 이후로 건우는 틈틈이 작사를 하고 있었다.

"꺄악!"

"여기 몰려 계시면 안돼요!"

"뒤로 물러나세요!"

건우가 탄 밴이 등장하자 공항 출국장 3번 게이트 앞은 난장판이 되었다. 건우를 취재하기 위해 몰려드는 기자들과, 마치 대포를 연상시키는 카메라를 든 팬들, 그리고 건우를 보기 위해 찾아와 비명을 지르는 팬들이 섞이며 아수라장을 방불케 했다.

YS에서 공항 측에 건우가 도착함을 미리 알려서 보안 요원들이 안전사고를 막기 위해 나와 있었다.

'내가 민폐구나.'

지금 당장 내리면 더 큰 혼란이 일어날 것 같았다. 건우는 상황이 진정되기를 기다렸다.

"와, 예상했던 것보다 훨씬 많은데? 네가 대세이기는 대세인가 보다."

"괜히 민폐 끼쳐서 미안하네."

"어쩔 수 없지. 그래도 기분이 좋기는 하지?"

"뭐, 그렇지."

건우는 부럽다는 눈빛의 승엽을 바라보며 피식 웃었다. 이런 피부에 와닿는 관심이 즐겁기는 했다. 건우는 창밖을 바라보다가 짐을 챙기고 내렸다. 건우를 케어할 YS의 직원들은 미리 도착해 건우를 기다리고 있었다.

찰칵찰칵!

건우가 내리자마자 플래시가 터져 나왔다. 팬들의 비명 소리와 환호 소리가 이제는 어색하게 느껴지지 않았다. 건우는 미소를 지으며 손을 흔들었다. 승엽이 손가락 하트 정도는 해주라고 말했지만 그런 걸 하기에는 조금 부담스러웠다.

건우가 환하게 웃는 것만으로도 플래시 세례는 더욱 뜨거워졌다.

횡단보도를 건너 3번 게이트 안으로 들어갔다. 건우를 따라오는 기자들과 팬들 때문에 보안 요원들이 진땀을 뺐다. 건우는 빨리 이 자리를 벗어나 주는 것이 민폐를 끼치지 않는 일이라 생각했다.

그러나 팬들은 저돌적이었다. 딱 봐도 고가의 카메라로 보이는 것들을 들고 마구 달리며 따라왔다. 건우의 모습을 초고해상도로 담겠다는 의지가 대단했다.

"조심해요. 넘어져요. 뛰지 마세요. 제가 천천히 갈게요."

건우는 몰려오는 팬들에게 그렇게 말했다.

팬들이 이렇게 사진을 열정적으로 찍는 이유는 건우의 모습을 담고자 하는 욕망도 있었지만, 다른 이유도 존재했다. 건우의 사진을 모아 포토북과 앨범으로 만들어 팬클럽 회원들에게 판매를 하곤 했는데, 수익금은 건우에게 보내는 조공 비용으로 쓰였다. 팬을 뛰어넘는 의미에서 '서포터'라고 불리기도 했다.

물론 건우는 조공을 받지 않고 있었기에 서포터들은 건우의 이름으로 기부를 하고 있었다. 수입 내역과 기부 내역을 모두 투명하게 공개했기에 잡음은 없었다. 건우는 코디를 포함한 직원들과 함께 패스트 트랙을 통해 빠르게 면세 구역으로 이동했다.

면세 구역까지 따라오는 팬들도 있었는데, 건우는 팬들을 피해 퍼스트 클래스 전용 룸에 들어가 탑승 시간까지 기다렸다. 직원들이 미리 언질을 받았는지 건우에게 다가오거나 하지는 않았다. 다만 초롱초롱한 눈으로 바라보다가 안 보이는 곳에서 소리 없는 비명을 지를 뿐이었다.

건우는 면세품 잡지를 보며 시간을 보냈다. 고급스러운 상품들이 상당히 많았다.

'올 때 선물이라도 사와야겠네.'

탑승 시간이 다가오자 바로 나가서 비행기에 올랐다. 처음 타는 비행기라 어색했다. 퍼스트 클래스는 탑승도 별도로 진행되기에 빠르게 들어갈 수 있었다.

안으로 들어가니 환하게 웃고 있는 승무원들이 건우를 반겼다.

좌석은 넓고 쾌적했다. 좌석 컨트롤러를 조작하면 침대처럼 누울 수도 있었다. 인천국제공항에서 북경공항까지는 두 시간밖에 걸리지 않아 누울 필요는 없었다.

'좋네.'

기내식도 맛있었고 서비스도 좋았다. 승무원들은 유독 건우를 잘 챙겨주었다. 북경공항에 도착했다. 입국 심사대에서 건우를 알아본 심사관의 눈이 휘둥그레졌다.

"이건우 씨, 중국에 오신 것을 환영합니다."

"감사합니다. 좋은 하루 되세요."

"오, 중국말 잘하시네요."

전생에서 쓰던 발음과 지금의 중국어 발음은 달랐지만 한자를 워낙 많이 알고 있었기에 중국어 습득은 쉬웠다. 발음도 보통어에 완벽히 일치해서 전혀 위화감이 없었다.

중국 공안이 건우를 호위했다. 통역사가 말해주길 밖에 엄청난 인파가 몰려 있으니 주의해 달라고 했다. 건우는 얼마나 많은 사람들이 있을지 궁금했다. 인천공항에서 몰려온 팬과 기자들보다는 많을 것 같았다.

건우는 모든 승객이 나가기를 기다렸다가 맨 마지막으로 나갔다.

건우가 밖으로 나오는 순간이었다.

"꺄아아아악!"

"건우 옵빠! 오파!"

"꺄악!"

건우는 엄청난 인파를 보며 살짝 정신이 멍해졌다. 넓은 공간이 꽉 찰 정도로 사람들이 많았다. 그들이 내지르는 환호 소리가 귀를 먹먹하게 만들 정도였다. 터지는 플래시 세례는 건우의 눈을 어지럽혔다. 자신의 이름이 적혀 있는 플래카드가 보였다. 중국 팬들이 직접 준비한 현수막도 있었다. 어설픈 한글로 적혀 있었는데, 그것이 감동으로 다가왔다.

건우는 잠시 이동하지 않고 미소 지으며 손을 흔들어 주었다.

"꺄아아아악!"

"사랑해요!"

환호는 더욱 격정적으로 변해갔다. 건우를 보고 그대로 주저앉는 이들도 있었고 눈물을 터뜨리는 이들도 많았다. 조금 더 심한 경우에는 아예 그대로 바닥에 쓰러져 기절하기까지 했다.

더 큰일이 발생하기 전에 이동해야 했다.

건우는 공안의 호위를 받으며 준비된 차량까지 이동하기 시작했다. 몰려드는 인파를 공안들이 몸으로 막아섰다. 기자들이 그 모습을 카메라에 담기 바빴다. 중국 기자가 아닌 해외 기자들도 있었다.

팬들이 건우가 마스크 싱어 때 부른 노래를 부르기 시작했다. 중국어로 개사되었는데, 건우가 중국에 온 것을 환영한다는 내용으로 바뀌었다. 건우는 차량으로 이동하면서 엄지를 치켜들었다. 그게 또 엄청난 환호를 만들어냈다.

'이런 환대를 받을 줄이야.'

건우는 새삼 세상이 변한 것이 확 체감이 되었다. 전생 때, 그는 오랑캐 취급을 받았다. 그때가 아마 그가 기억하기로는 송나라 때였을 것이다. 그런 무시와 괄시를 비무행의 연승으로 승화시켰다. 건우는 그 당시에 동쪽에서 온 피의 검, 동래혈검(東來血劍)이라 불렸다.

딱히 중국을 좋아하지도 싫어하지도 않았다. 그때의 송나라가 지금의 중국이라 부를 수 있을지도 모르겠고, 어쨌든 추억보다는 아픔이 많은 곳이었다.

그런데 지금은 엄청난 환영 속에 파묻혀 있었다. 건우를 좋아하고 사랑하는 사람들의 감정이 느껴졌다. 그것은 아주 환한 색채였다. 그 격렬한 감정이 건우의 마음을 흔들었고, 맑은 기운을 전해주었다. 건우의 마음과 반응하여 기운으로 변해 몰려들기 시작했다.

건우는 힘겹게 차량에 올랐다. 무척이나 고급스러운 대형 차량이었다. 마치 대통령이라도 된 기분이 들었다. 밖에서는 안이 전혀 보이지 않았고, 안은 넓고 쾌적했다.

조수석에 앉아 있는 남자가 건우를 보고는 인사했다. 머리를 짧게 깎았고 덩치가 컸는데, 인상은 좋았다.

"반갑습니다. 건우 씨. 중국에 계실 동안 건우 씨를 모시겠습니다. 불편한 점이 있으면 저한테 말해주시면 됩니다. 아! 양지량이라고 합니다. 편하게 지량이라고 부르세요."

"네, 반갑습니다."

한국어를 조금 어눌하게 했다. 그러나 알아듣는 데 전혀 지장이 없었다. 중국에 있는 동안 건우의 통역과 편의를 봐줄 남자였다. YS와 중국 방송국 측에서 사전 조율해서 뽑은 인물인 것 같았다.

"일단 호텔로 가시지요. 짐은 뒤에서 따라올 것입니다. 스케줄은……."

스케줄을 설명해 주었다. 일단 호텔에서 조금 쉬다가 그곳에서 기자회견을 해야 했다. 유명 매체와의 인터뷰도 계획되어 있었다.

쉴 틈 없이 바로 이동해서 중국의 국민 예능 프로인 '선택명성(選擇明星)'에 참여해야 했다. 선택명성은 현재 중국 평균 시청률 2.3%에 달하는 프로그램이었다. 한국에서 2.3%는 별거 아니었지만 중국은 달랐다. 드라마 같은 경우에는 1%만 넘어도 히트작으로 분류되었다.

스타를 뽑는 오디션 프로그램이었는데 서바이벌 방식으로 진행되었다. 가수, 배우를 총망라한 스타를 배출하는 것을 목표로 삼고 있었다.

중국의 유명한 가수들이 멘토로 참여하여 가수를 키워내고 경쟁을 시키는 방식이었는데, 건우는 일일 심사위원 겸 멘토로 출연하게 되었다.

특별한 점이 있다면 각 지역의 유명한 곳에서 미션과 오디션을 수행하여 경쟁을 한다는 것이다. 이번에는 특별히 북경에 있는 대형 스튜디오에서 녹화를 한다고 한다.

바로 건우가 출연하기 때문이었다.

방청객들이 엄청나게 몰려 암표값이 본래의 표값의 20배가 넘기도 했다. 벌써부터 대박의 냄새가 솔솔 퍼져가고 있었다. 역대 시청률을 갱신할 것이라는 관측도 나오고 있었다.

건우는 지량과 이야기를 나누었다.

"저도 울면서 봤습니다. 지금 건우 씨는 중국에서 인기 최고입니다."

"그렇습니까?"

"마지막 화 때는 정말 난리가 났었지요."

공항에 마중 나온 많은 팬들을 보기도 했고 지량의 이야기를 들으니 중국에서의 인기가 체감이 확 되었다. 건우는 북경에서 제일 좋은 호텔로 이동했다. 입구에서부터 마중 나온 직원들이 보였다. 불미스러운 일을 막기 위해 공안들도 배치되어 있었다.

완벽한 귀빈 대우였다. 부담스러울 정도로 극진했다. 이건우의 방문을 환영한다는 플래카드와 화환이 눈에 띄었다. 단순한 화환이 아니었는데 입구 주변을 거의 다 채울 정도로 많았다. 작은 화단을 만들어놓은 것처럼 보였다.

스케일이 장난이 아니었다. 이쯤 되니 자신이 딴 세상에 와 있는 것 같은 기분이 들었다.

"환영합니다!"

건우가 차에서 내리자 호텔의 직원이 미소를 띠우며 건우를 안내해 주었다. 최상층에 있는 방으로 안내받은 건우는 방 안으로 들어가자마자 살짝 감탄을 내뱉었다. 영화에서나 보던 곳이 눈앞에 펼쳐져 있었기 때문이다.

'나 출세했네.'

건우는 한국에서 석준이 마련해 준 숙소에서 지냈다. 좁지는 않았지만 이곳에 비할 수는 없었다. 침대에 뛰어들어 누워 보았다. 너무나 푹신해서 잠이 솔솔 왔다.

'내일 가야 하는데…….'

이렇게 편할 줄 알았다면 이틀 정도 더 있다 가도 괜찮을 것 같았다. 괜히 스케줄을 타이트하게 잡은 것이 조금 후회되기도 했다.

건우는 침대 위에서 가부좌를 틀고 눈을 감았다. 한국까지 미처 건너오지 못한 기운들이 느껴졌다. 중국의 엄청난 인구 수만큼, 그 기운의 양도 압도적으로 많았다. 누적 조회 수가 20억을 향하고 있으니 그럴 만도 했다. 물론, 중국의 크기가 워낙 커서 건우에게 오지 못하고 사라지는 기운이 많았지만 대단한 양이었다.

건우는 기운을 받아들이며 내공을 쌓아갔다. 점점 달아오르는 단전의 느낌이 너무나 좋았다.

＊　　　　＊　　　　＊

한계까지 기운을 축적한 건우는 남는 시간을 핸드폰을 만지작거리며 보냈다.

와이파이로 인터넷을 해보니, 자신이 북경공항에 내렸을 때의 영상을 찾을 수 있었다. 이미 뉴스로도 보도된 모양이었다. 인터넷이 워낙 느려 영상은 볼 수 없었지만 그래도 댓글 정도는 읽을 수 있었다.

asda****: 와, 저게 몇 명이야ㅋㅋ. 바글바글하네.

nion****: 갓건우 여유 봐라. 월드스타다. 진짜.

—RE: dss1****: 중국에서 조금 성공한 거 가지고 월드스타? 풉.

tss5****: 나 시애틀 사는데 이건우 아는 애들 꽤 있음.

sion****: 국뽕 보소ㅋㅋ. 실제로는 아무도 모르는 동양인
ㅅㄱ.

—RE: dss1****: 진짜 이건우 아는 사람 꽤 있음. 내가 한국인이라니까 존나 물어봤어.

yoon****: 진짜 얼굴깡패. 빛이 나네. 옷도 엄청 잘 입는
것 같음.

—RE: drt6****: YS에서 스타일링해 줄걸?

—RE: ios5****: 스타일링해 줘도 본인이 원하니 입는 거
겠죠? 평상시 스타일도 엄청나던데.

—RE: nobo****: ㄷㄷㄷ. 끝이 안 보이네ㅋㅋ.

댓글을 보면서 피식 웃었다. 이렇게 반응을 찾아보는 것도
하나의 재미가 되어버렸다. 악플도 꽤 있기는 하지만 악플 따
위로 건우가 상처를 입지는 않았다.

건우는 조금 쉬다가 바로 기자회견을 위해 호텔에 마련된

장소로 이동했다. 장소 밖에는 수많은 팬들이 모여 있어 소란스러웠다. 직원들이 간신히 팬들이 장소 안으로 들어가려는 것을 막고 있었다. 건우의 모습을 보이자 더욱 격렬해졌다. 눈물을 흘리며 자리에 주저앉거나, 건우의 모습을 보고는 기뻐서 서로 껴안고 있는 팬들도 보였다.

건우가 미리 준비된 루트로 안으로 들어갔다.

이미 많은 기자가 자리해 있었고 카메라도 대단히 많았다. 건우는 이번 기자회견에 50여 개의 언론사에서 참여했다고 들었다.

크게 걸려 있는 건우의 사진 앞에 붉은색의 테이블이 자리해 있었다.

'엄청 넓네.'

파티를 할 수 있을 정도로 큰 홀이었다. 기자들뿐만 아니라 선택받은 팬들도 대거 입장해 있었다. 하얀 풍선을 들면서 마구 흔들며 비명을 질러댔다. 한국 팬미팅을 참고한 흔적이 보였다.

"꺄아아악!"

"이건우! 이건우!"

건우가 모습을 드러내자 플래시가 터져 나왔다.

건우가 자리에 앉기 전에 마이크를 잡았다. 간단한 인사를 해달라는 요청에 건우는 웃으면서 입을 떼었다.

"안녕하세요? 이건우입니다. 환대해 주셔서 감사합니다."

통역사가 동시통역으로 건우의 말을 바로바로 전해주었다.

본격적으로 기자회견이 시작되었다. 딱히 무엇인가 홍보하기 위해 오지 않았기 때문에 그다지 준비한 것은 없었다. 굳이 이런 기자회견을 하지 않고 프로그램에만 잠시 출연했다가 돌아가면 되었지만 첫 해외 일정이니만큼 요구하는 대로 소화하기로 했다.

제작 발표회도 해봤고, 팬미팅도 해봤기에 이런 자리가 그렇게 어색하게 느껴지지는 않았다.

건우는 여유를 잃지 않으며 미소를 유지했다. 기세를 끌어올리며 장내를 압도했다. 건우의 모습에 팬들뿐만 아니라 기자들도 감탄을 머금었다. 많은 연예인을 취재해 왔지만 건우만큼 특별한 느낌을 주는 배우는 없었다.

기자들이 질문을 하기 시작했다.

"중국에서의 인기를 실감하시나요?"

"많은 분들이 환영해 주셔서 조금 놀랐습니다. 부디 다치신 분들이 없었으면 하는 바람입니다."

"중국에서 제일 많이 검색되는 스타인데 기분이 어떠신가요? 저도 하루에 몇 번이고 검색해 봅니다."

"하하, 고맙습니다. 당연히 좋습니다. 앞으로도 더 많이 사랑해 주셨으면 합니다."

처음에는 간단한 질문부터 이어졌다. 가벼운 덕담도 오갔다. 경직된 분위기는 결코 아니었다. 다만 조금 난감한 질문들이 있기는 했다.

"중국 배우 중에 누굴 가장 좋아합니까? 그 이유가 무엇인지 궁금합니다."

질문이 조금 불편하게 느껴졌다.

왜인지는 모르겠지만 기자의 태도에서 건우가 중국 배우를 잘 알고 좋아한다는 확신이 있었다. 건우를 얕잡아 보거나 하는 그런 기색은 전혀 없었고 눈빛에는 호의가 있었다. 문화적 사고방식에서 오는 차이인 것 같았다.

건우는 최근 중국에서 어떤 배우가 유명한지 알지 못했다. 연기를 공부할 때도 중국 자료를 본 적이 없었다. 중국의 연예계에 관심이 아예 없었다는 표현이 옳을 것이다.

잠시 침묵이 이어지자 어색함이 감돌았다.

머릿속에 떠오르는 인물이 있기는 했다. 액션배우였는데 지금은 할리우드에서 아주 활발하게 영화 활동을 하고 있는 인물이었다.

"개인적으로 장룽 씨를 좋아합니다. 어렸을 적에 액션 영화를 많이 보고 자랐지요."

딱히 좋아하지는 않고 그냥 좋게 생각하고 있는 정도였지만 립 서비스로 좋아한다고 해주었다. 괜히 분위기를 경직되게 만들어봤자 그 어떤 이익도 없기 때문이다.

　장룡이라면 국적에 관계없이 누구나 다 호감을 가지는 배우였다. 그는 배우이기 이전에 무술가이기도 했다.

　건우가 그렇게 말해주니 기자회견장의 분위기가 더 풀리는 느낌이었다. 조금은 취조받는 듯한 느낌이 들었지만 기분이 나쁘거나 그러지는 않았다.

　"선택명성에 출연을 결심하신 계기가 있나요?"

　"중국의 유명한 프로그램이라고 들었습니다. 초청해 주셔서 큰 고민 없이 오게 되었습니다. 개인적으로 많은 기대를 하고 있습니다."

　"가수 장진연 양이 건우 씨에게 열렬한 구애를 한 사건이 있었는데요. 장진연 양이 이번에 출연하시는 선택명성에도 출연하고 있는데 어떻게 생각하십니까? 잘해볼 의향이 있습니까? 그럼 중한 양국의 사이도 더 좋아질 것 같은데……."

　그 질문에 팬들이 웅성거렸다. 기자들도 질문한 기자를 노골적으로 바라보았다. 통역사도 조금은 난감한 표정을 짓다가 순화된 표현으로 말해주었다. 그러나 건우는 대부분 알아듣고 있었다.

　살짝 한숨이 나왔다.

　질문의 수준이 너무 떨어졌다.

　건우는 장진연이 누구인지도 몰랐다. 당연히 얼굴이 어떻게 생겼는지도 알 리가 없었다. 석준이나 인터넷의 기사가 아니었다면 건우는 중국에서 무슨 일이 일어났는지 몰랐을 것이다.

건우가 차가운 눈빛으로 질문한 기자를 바라보았다. 기자는 정체 모를 압박감에 헛기침을 했다.

"들어본 적 없는 일입니다. 절 좋아해 주시는 걸 보니 마음이 아주 예쁜 분인 것 같네요. 제 팬들은 모두 그렇거든요. 음, 그런데, 이런 질문은 안 해주셨으면 합니다. 조금 불편하네요."

조금 분위기가 흐려졌다. 다행히 건우가 여유 있게 넘어가자 별다른 문제는 없었다. 더 이상의 무례한 질문은 없었고 건우는 시종일관 분위기를 리드하며 답변했다. 기자들은 그런 모습을 사진으로 남기느라 바빴다.

"혹시 하실 수 있는 중국말이 있나요? 한마디만 부탁드려요."

기자가 웃으면서 그렇게 질문했다. 건우는 고개를 끄덕이며 입을 떼었다.

"많은 관심을 가져주셔서 감사합니다. 앞으로도 더욱 좋은 작품으로 찾아뵙겠습니다."

"와."

"정말 잘하시네요."

건우가 완벽한 수준의 발음으로 중국어를 구사하자 감탄이 튀어나왔다. 그러나 더 말하지는 않고 마이크를 내렸다. 예정된 시간이 다 되어서 건우는 자리에서 일어났다. 인사를 한 뒤에 호위를 받으며 홀을 빠져나갔다.

아직도 밖은 엄청난 인파들이 몰려 있었다.

이후에도 중국의 로우쿠TV와 인터뷰가 있었다. 건우를 중국에 알리는 데 결정적인 역할을 한 매체였다.

연예가의 소식을 전하는 프로그램의 인터뷰가 자연스럽게 떠오를 만큼 분위기는 비슷했다. 건우와 인터뷰를 진행한 사람도 중국의 여자 연예인인 것 같았는데 그래도 기자회견보다는 분위기를 좋게 만들어주었다.

그녀의 이름은 왕평이었다. 중국에서 요즘 떠오르고 있는 가수였는데, 외국어가 능통했다. 통역이 있기는 했지만 왕평은 한국어도 할 줄 알았다. 영어까지 써가며 했기에 통역의 역할이 크게 줄어들었다.

조금은 장난까지 쳐가며 편한 분위기에서 인터뷰를 했다. 의례적인 물음은 좋아하는 중국 음식이 있냐는 물음에 건우는 훠궈를 좋아한다고 말했다.

왕평이 무언가를 꺼냈다.

"이건 선물입니다."

"오, 감사합니다."

왕핑이 여의주 모양의 열쇠고리와 이신성의 피규어를 건네주었다. 자신의 모습과 비슷한 피규어가 신기하게 느껴졌다. 꽤 퀄리티가 좋았다.

열쇠고리도 마음에 들었다. 건우는 중국에 와서 처음으로 진심이 담긴 미소를 지을 수 있었다.

왕핑이 그 모습을 보고 귀가 빨개졌다. 왕핑은 그 후로 중국 노래도 알려주었다. 조금은 중국 중심의 인터뷰였지만 건우가 적당히 맞춰주니 화기애애한 분위기가 되었다. 무시를 하거나 하는 것이 아닌 이상, 그런 부분에 대해서는 기분이 나쁘거나 하지는 않았다.

마지막으로 왕핑이 알려준 중국어 멘트로 마무리했다.

"사랑해요. 로우쿠TV."

"와아! 감사합니다!"

그렇게 인터뷰가 마무리되었다. 조금 오글거리는 요청이었지만 못해줄 것도 없었다. 마무리 멘트의 묘미는 약간 어눌한 발음이었지만 건우는 일부러 어눌하게 발음하지 않았다.

왕핑은 수줍게 자신의 앨범을 건우에게 건네주었다. 건우가 사인을 해달라고 하자 깜짝 놀라더니 허겁지겁 사인을 해줬다. 건우는 왕핑의 앨범을 든 채로 왕핑과 사진을 찍었다.

"멋진 인터뷰 고마워요. 노래 잘 들을게요."

"가, 감사합니다."

건우는 왕펑과 인사를 나누고 인터뷰 장소를 빠져나왔다. 건우는 조금은 붕 뜬 기분이 되었다.

'내가 이렇게 될 줄은 몰랐는데.'

생각해 보면 한국에서도 외국의 유명한 배우나 가수들이 왔을 때 이런 자리를 가지곤 했다. 입국에서부터 화제였고, 기자회견에서 유명한 외국 배우들에게 '두유노우김치?'라는 질문을 했다가 네티즌들에게 뭇매를 맞는 광경도 보았다. 그러고는 꼭 인터뷰의 끝에 어설픈 한국말로 마무리하곤 했다.

'나도 똑같았네.'

건우는 웃음이 나왔다. 자신도 그런 배우가 됐다고 생각하니 괜히 신기하게 느껴지기도 했다. 이제는 적응될 만도 한데 말이다.

건우는 바로 차량에 올랐다. 선택명성을 촬영하기 위해서였다.

꽤 기대가 되었다. 건우는 돈을 받은 만큼 아주 열심히 할 생각이었다. 돈이 한두 푼이 아니었다.

'출연료가 8억이니…….'

단발성인 1회 출연료인데 그 정도였다. 처음 이야기가 나왔을 때보다 훨씬 오른 액수였다. '별을 그리워하는 용'의 출연료를 압도하고도 남았다.

더 대박인 점은 CF가 줄줄이 성사되고 있다는 점이었다.

20억이 넘는 CF까지 들어와 있는 상태였다. 솔직히 금액이 엄청나 아직도 실감이 되지 않았다.

'돈 벌면 뭐 할까?'

어린 시절, 로또라도 당첨되기를 바랐던 적이 있었다. 지금은 로또의 당첨금을 넘어설 만한 금액을 목전에 두고 있었다.

건우는 행복한 고민에 휩싸였다. 원래는 돈이 들어오면 먼저 어머니 가게 인테리어를 싹 다 해드릴 생각이었다. 그런데 앞으로 들어올 수입을 생각하면 아예 건물을 사는 것도 나쁘지 않을 것 같았다. 그러면 어머니도 월세나 관리비 걱정 없이 편하게 장사를 하실 수 있을 것이다.

차도 괜찮은 걸로 뽑고, 이제 숙소를 떠나 집을 구해도 좋을 것 같았다. 무공을 수련하기도 좋고 여러 가지 공부를 하기에도 좋은 그런 집 말이다.

'열심히 하자.'

과유불급이라는 말이 있기는 하지만 건우는 돈은 많을수록 좋다고 생각했다.

돈을 많이 모으고 나서도 작품 활동을 그만둘 생각은 없었다. 건우의 최종적은 목표는 돈이 아니었다. 무공의 끝을 보는 것이었다. 인간이 닿을 수 없는 영역에 들어가 보고 싶었다. 그렇게 한다면 어쩌면 이번 생의 의미를 찾을 수 있을지도 몰랐다.

건우는 잠시 창밖으로 비치는 북경을 바라보았다.

북경의 하늘은 흐렸다. 푸른색이어야 할 하늘이 누런색을 띄고 있었다. 당연히 공기도 좋지 않았다. 다만 습도가 높지 않아 더위가 그렇게 심하게 느껴지지는 않았다.

한참을 달려 스튜디오에 도착했다. 스튜디오 밖은 팬들과 취재진들로 북적였다. 건우가 탄 차량을 영상으로 담고 있는 카메라맨도 보였다. 취재 열기는 대단히 뜨거웠다. 건우가 도착한 것만으로도 분위기가 확 바뀌어 버렸다.

통제 요원이 대거 투입되고 나서야 건우가 탄 차량은 간신히 스튜디오 주차장에 진입할 수 있었다.

'준비 없이 진행되어서 조금 그렇긴 하지만……'

무대의 음향 체크는 가수에게 있어서 무척이나 중요했다. 리허설은 단순한 연습이 아니라 반드시 해야 하는 필수 작업이었다.

하루 머물고 가는 것이니 사전에 미리 맞춰보거나 리허설을 할 시간이 없었다.

잠시 대기하다가 녹화에 참여해야 했다. 본래는 좀 더 여유 있게 시간을 잡았지만 이곳까지 오는 데 시간이 꽤나 지체되어 여유가 없어졌다.

건우는 차에서 내리자마자 많은 사람들에게 둘러싸여 스튜디오로 향했다. 마스크 싱어를 찍을 때보다도 훨씬 많은 사람이 건우를 둘러싸고 있었다. 다시 가왕이라도 된 듯한 기분이 들었다. 극진한 태도로 안내를 해주니 굉장히 부담스러웠다.

건우를 위해 마련된 대기실로 들어갔는데, 엄청나게 컸다.

'좀 특이하네.'

한국과 다른 점이 있다면 방송을 지원해 주는 기업의 상품이나 로고가 프로그램의 앞에 써져 있다는 점이었다. 광고 효과가 엄청날 것 같았다. 특히 이렇게 시청률이 엄청난 예능 프로라면 말이다.

이미 녹화는 시작되고 있었다.

제작진 측에서 건우에게 가면을 주었다.

건우가 출연한다는 사실은 이미 다 알고 있었지만 무대 위로 깜짝 등장하는 것은 모르고 있다고 한다. 다른 출연진들도 중간에 합류해서 심사위원 겸 멘토로 활약할 예정이라는 것만 알고 있었다.

건우는 즉석에서 그 말을 듣고 살짝 웃었다.

건우는 잠시 대기하다가 드디어 무대 뒤에 마련되어 있는 참가자 대기실로 이동했다. 참가자들뿐만 아니라 대기실에는 참가자들을 찍는 수많은 카메라들이 있었다.

모두 치열한 예선전을 뚫고 상위 라운드로 진출한 자들이었다. 수준급의 외모와 재능을 가졌다지만 건우에게 그렇게 크게 와닿지는 않았다.

"누구야?"

"응?"

"웬 가면?"

딱 봐도 범상치 않아 보였다. 참가자들은 서로를 다 알고 있었지만 건우를 알 리가 없었다.

"오늘 이건우가 특별 심사위원이라고 하던데… 오늘 주제가 노래 맞지?"

"설마……?"

"나 오늘 황금태양 노래 부르려고 하는데……!"

"혹시?"

건우에게 시선이 몰렸다. 건우가 유명해지면서 건우가 출연했던 마스크 싱어의 인기도 폭발하고 있었다. 얼마 전에는 포맷을 정식으로 수입했다고 한다. 그들이 건우에게 다가오기 전에 건우가 먼저 일어나 대기실을 빠져나와 무대 뒤로 이동했다.

중국의 국민 MC인 허웅이 마이크를 들고 무대 한가운데에 서 있었다.

"아시다시피 이번 경선의 주제는 노래입니다. 30명의 참가자분들은 오늘을 위해 2주간 중국 대표 기획사에서 특훈을 했습니다. 과연 얼마나 좋은 무대를 보여줄지 기대가 됩니다."

동시통역을 위한 인이어는 아직 착용하지 않았다. 그래도 무슨 말을 하는지 거의 다 이해할 수 있었다. 이런 성과 때문에 공부가 더 재미있는 것이었다.

"우선 이번 경선에 앞서 아주 특별한 참가자를 소개합니다! 심사위원 만장일치로 중간에 합류하게 된 엄청난 실력자입니다."

허웅이 그렇게 말했다. 심사위원들은 서로를 바라보며 영문을 모르겠다는 표정을 지었다.

한국의 MC와는 다르게 톤이 조금 낮고 진중한 느낌이었다. 유진식이 가벼운 분위기로 시청자들과 맞춰주는 느낌이라면 허웅은 전형적인 사회자 톤이었다.

"자! 박수로 맞이해 주세요!"

허웅이 그렇게 말하자 방청객과 심사위원은 일단 박수를 쳤다.

무대는 엄청나게 넓었다. 커다란 스튜디오이다 보니 방청석도 굉장히 많았다. 문화적 차이를 느낄 수 있었는데 스튜디오의 전체적인 느낌은 다소 딱딱하고 채도가 높았다. 약간은 촌스럽게 느껴질 정도였다.

무대 앞에는 커다란 심사위원석이 있었는데 총 4명의 심사위원이 앉아 있었다. 가수, 배우, 프로듀서 그리고 개그맨으로 구성되어 각 분야를 대표하고 있었다. 중국에서는 그들을 모르는 사람이 없다고 한다.

가면을 썼음에도 건우를 알아본 심사위원 중 한 명이 자리에서 일어나 박수를 쳤다. 바로 가수 장진연이었다. 그녀는 주먹을 불끈 쥐고 환호성을 질렀다.

방청객들의 환호성도 커져갔다.

건우가 등장할 것이 이미 예견되어 있는 상태였으니 몰라보는 것이 이상했다. 참가자처럼 나오는 것이 의외이기는 했지만 말이다.

무대가 어두워지고 연주가 흘러나왔다.

건우가 마스크 싱어의 마지막 무대에서 부른 노래였다. 건우가 부르기도 했고 최근에 중국 가수가 리메이크해서 불러 더 유명해진 노래였다. 덕분에 원곡을 부른 가수는 건우에게 직접 전화해 고맙다는 말을 해주었다. 건우 덕분에 차트를 역주행해 음원 수입이 아주 짭짤했다고 들었다. 건우는 세월 속에 잊힌 그런 좋은 가수가 재조명을 받게 되어 기쁠 뿐이었다.

그러나 그런 건우의 기분만큼 음향 수준은 훌륭하지 못했다. MR도 아닌 그냥 AR을 편집해 놓은 것처럼 느껴지는 조약한 반주였다. 노래방 수준보다 조금 나을 지경이었다. 조금 늘어지거나 튀는 부분도 존재했다. 마스크 싱어 때 최고의 세션들과 노래를 불렀기 때문에 더욱 차이가 느껴지는 것 같았다. 만약 리허설을 했다면 건우는 노래를 부르지 않았을 것이다.

건우는 살짝 한숨을 내쉬었다. 어쨌든 노래는 불러야 했다.

'집중하자.'

건우는 내력을 끌어 올렸다. 분위기가 순식간에 바뀌었다. 전보다 더 깊어진 감정의 공명은 아직 건우가 노래를 시작하지 않았음에도 장내의 분위기를 바꿔 버렸다.

건우가 조용히 입을 떼었다. 첫 소절이 나오자마자 방청객들이 탄성을 내질렀다. 당연히 한국어로 불렀다. 중국어로 부를 만큼 준비가 되어 있지는 않았다. 그리고 굳이 그러고 싶지는 않았다. 그래도 건우의 목소리가 주는 감정이 사라지는 것은 절대 아니었다.

건우는 차분하게 노래를 이어갔다.

그래도 연출적인 부분에는 신경을 썼는지 건우의 뒤에 있는 커다란 스크린으로 '별을 그리워하는 용'을 편집한 영상이 떠올랐다. 드라마 속 장면과 지금 부르고 있는 노래가 주는 메시지가 절묘하게 어울렸다.

장진연을 포함한 심사위원들이 눈시울을 붉혔고 방청객들도 마찬가지였다. 아직 최종화가 방영된 지 얼마 되지 않은 시점이라 슬픔이 더 큰 모양이었다.

건우는 담담하게 노래를 불러갔다. 그 담담함이 오히려 아주 큰 슬픔으로 다가왔다. 스크린에서 건우가 지윤의 품에서 사라지는 장면과 겹쳐지며 방청객들의 눈물을 터뜨렸다.

건우의 목소리가 안 좋은 환경을 압도해 버렸다.

"그때까지 웃으며 안녕."

마지막 소절을 내뱉었다.

건우가 마이크에서 입을 떼자 박수 소리와 함께 엄청난 환호가 밀려왔다. 방청객들은 소름이 끼치는지 몸을 떨며 기립박수를 쳤다.

4명의 심사위원도 마찬가지였다. 장지연은 눈물을 흘리며 흥분한 상태였고 다른 심사위원들도 엄지를 연이어 치켜들었다.

건우는 천천히 가면을 벗었다.

건우의 모습이 커다란 스크린에 비추자 환호는 더욱 커졌다.

허웅이 무대 위로 올라왔다.

"이분이 누구인지 아시지요?"

"네!"

"꺄아아악!"

"이건우!"

엄청난 호응에 허웅은 씨익 웃었다. 건우는 스태프가 준 동시통역용 인이어를 착용했다.

"별을 그리워하는 그대의 남주인공, 이건우 씨입니다."

"와아아아!"

환호는 멈출 줄을 몰랐다. 허웅은 잠시 환호가 잦아들 때까지 기다렸다. 그러고는 건우에게 인사를 요청했다.

"안녕하세요? 배우 이건우입니다."

간단한 중국말로 인사를 했다. 건우의 발음에 허웅이 놀랍다는 표정이 되었다. 건우는 미소를 지으며 손을 흔들었다. 마치 건우의 단독 팬미팅과 같은 분위기였다.

"자, 그럼 우리 심사위원님들의 평가를 안 들어볼 수가 없겠죠? 평가해 주시지요!"

4명의 심사위원은 자리에 앉고는 빠르게 점수를 입력했다. 그들이 앉아 있는 테이블 밑에 부착된 모니터에서 점수가 떠올랐다.

점수는 볼 것도 없었다.

"최초입니다. 400점 만점입니다!"

이벤트성이라서 후한 점수를 주는 것이 당연했지만 심사위원들은 진심이었다. 그들은 아직도 여운에서 빠져나오지 못하고 있었다. 순식간에 모두를 홀려 버린 건우였다.

건우는 여유가 있었다. 무대 위에서도 자연스러워 보이는 것이 완전한 프로의 모습이었다. 짧은 시간에 많은 무대를 거치며 성장해 이제는 정말 프로 가수라고 불러도 손색이 없었다.

장진연이 마이크를 잡았다.

그녀는 중국에서 대단히 유명한 발라드 가수라고 한다. 푸얼다이, 그러니까 한국어로 금수저 출신이었다. 그런 것치고 중국 내에서의 이미지는 괜찮았다. 재벌 2세들의 민폐 행각이 엄청났지만 다행히 그녀는 노래 이외에는 관심이 없는 모양이었다.

"드디어 오셨네요. 영광입니다. 심사위원을 대표해 환영합니다."

장진영의 눈빛은 유난히 반짝였다. 건우가 웃으며 살짝 고개를 끄덕이자 굉장히 기뻐했다. 건우는 방청객들의 박수를 받으며 심사위원석에 앉았다. 장진연의 옆자리였다.

다른 심사위원들과도 간단히 인사를 나눴다. 그들이 어설픈 한국말로 인사를 먼저 해와 건우도 중국어로 간단하게 인사를 건넸다. 사상이나 문화의 차이는 있었지만 어쨌든 사람은 다 똑같다고 느꼈다.

건우가 살짝 뒤를 돌아 방청석을 바라보니 핸드폰을 들고 건우를 찍고 있는 방청객들이 많았고 커다란 카메라를 가지고 촬영을 하고 있는 방청객들도 있었다. 듣기로는 건우의 자리와 가까운 방청석이 제일 비쌌다고 한다. 암표도 없어서 못 살 지경이었다고 한다.

"아! 제가 알려 드릴게요."

"감사합니다."

장지연이 이것저것 친절하게 설명해 주었다. 영어로 말해줬는데, 점수판을 쓰는 방식이나 참고할 만한 것들에 대해서였다. 그녀는 겉으로 보기에 차가운 인상이었는데 의외로 상냥했다.

건우의 책상 위에는 참가자들의 정보가 적힌 서류가 있었다. 한글로 번역이 되어 있었는데, 참가자들의 전반적인 정보를 알 수 있었다.

'심사라……'

얼마 전까지 오디션을 보는 입장이었는데, 지금은 이렇게 특별한 자리에서 심사를 보고 있었다. 그것도 엄청난 환대를 받으면서 말이다. 그야말로 벼락과도 같은 신분 상승이었다.

'인기는 한순간이지.'

앞으로가 중요했다. 인기가 사라지는 것은 한순간이니 말이다. 특히 요즘과도 같은 시대에는 더더욱 그랬다.

"그럼 경선을 시작하겠습니다!"

허웅이 진지한 톤으로 오디션의 시작을 알렸다. 건우는 기대를 가지고 무대를 지켜보았다. 가수와 배우를 넘나드는 스타를 키우는 프로그램이니 기대하지 않을 수 없었다. 게다가 참가자들 대부분이 중국의 대형 기획사에서 엄청난 훈련을 받았다고 한다.

오디션은 팀별로 진행되었다. 30명을 다섯 개 조로 나누었는데 각 팀마다 절반이 탈락하게 된다.

첫 번째 팀이 나왔다.

모두 잔뜩 긴장한 모습이었다. 가장 첫 순서인 남자가 손을 덜덜 떨면서 마이크를 잡았다. 심사위원들이 날카로운 시선으로 그들을 노려보듯 바라보았다. 예능 프로그램이기는 하지만 분위기는 상당히 진지했다. 건우가 약간 당황할 정도였다. 만약 무공을 얻기 전의 건우가 저 위에 서 있었다면 급체를 했을지도 몰랐다.

참가자들에게 있어서 인생 역전을 할 수 있는 기회였다. 한국의 오디션도 그러했지만 특히 이 프로그램에서 우승했을 때의 보상을 생각해 보면 더더욱 그랬다.

반주가 흘러나오고 노래가 시작되었다. 팝송을 불렀는데, 그렇게 뛰어난 실력은 아니었다. 관객들이 대단히 많아 매우 긴장한 상태라서 그런지 본 실력이 제대로 발휘되지 않는 느낌이었다.

장지연이 마이크를 들고 노래를 멈추게 했다. 대단히 실망한 표정이었다.

장지연이 차가운 표정으로 참가자를 바라보았다.

"한 달 동안 무엇을 배운 건지 모르겠네요. 가수가 꿈이라고 하셨잖아요? 상당히 기대했습니다만 다른 부분은 그렇다치더라도 발성, 호흡, 감정 모두 수준 이하네요."

"좋은 점수를 주기는 힘들 것 같습니다."

"나쁘진 않았는데, 딱 그 정도네요."

장지연을 시작으로 다른 심사위원들도 혹평을 했다.

예전보다 더욱 심사평이 가혹해진 느낌이 있었다. 건우가 왔기에 더더욱 그런 부분도 있었다. 장지연을 포함한 심사위원들이 건우에게 자국 참가자의 높은 수준을 보여주고 싶었지만 처음부터 꼬여 버리니 독설이 나온 것이다.

수백만의 경쟁률을 뚫고 올라온 참가자치고는 실력이 떨어지는 부분이 분명히 있었다.

건우는 그의 프로필을 자세히 바라보았다. 지방에서 태어나 어렸을 때부터 농사를 했는데, 부모님이 어렵게 모은 돈으로 오디션을 봤다고 한다.

중국에서의 가난한 삶은 대단히 힘들다. 꿈이라는 것을 꾸는 것조차 허용되지 않을 때가 많았다. 대도시로 진출한다고 하더라도 한국처럼 차별이 없는 것이 아니었다. 호적 차별이 존재했다. 중국은 호적 제도를 시행하는 소수의 나라 중 하나였다.

그런 불합리한 모든 상황을 타파할 수 있는 기회가 주어지는 곳이 바로 이곳이었다.

건우는 중국에 대해서 잘은 몰랐지만 절박한 그를 도와주고 싶었다. 건우의 발언 차례가 되자 건우가 마이크를 들었다. 장지연이 살짝 미소를 지으며 건우를 바라보았고 심사위원들도 건우 쪽으로 시선을 옮겼다.

"긴장하셨죠?"

"네? 아……."

건우는 짧게 중국어로 물어봤다. 그러자 모두 감탄하는 기색이었다. 별로 신기할 것 없는 광경이었지만 건우가 중국어로, 그것도 정확한 발음으로 말했다는 게 신기한 모양이었다.

아직까지는 영어처럼 능숙한 회화를 할 정도로 중국어 실력이 좋지는 않았다. 현대의 중국어는 건우가 전생에서 쓴 언어와는 상당히 달랐다.

"아, 저도 엄청 긴장됩니다. 왕밍 씨, 저랑 동갑이시네요."

"네, 네!"

건우가 웃으며 한국말로 말하자 통역이 바로 해석해 주었다. 건우의 말속에는 다정함이 깃들어 있었다. 건우는 심사를 하는 것보다는 좀 더 편하게 자기 실력을 발휘하게 해주고 싶었다.

건우는 그의 몸이 아주 경직되어 있는 것을 보았다. 건우는 자리에서 일어나 그에게 다가갔다. 장지연을 포함한 심사위원들이 깜짝 놀랐지만 제지하지 않고 호기심이 가득한 눈으로 바라보았다.

건우는 노래를 부를 때의 좋은 자세를 알려주며 그의 몸에 손을 대었다. 내부 관조를 통해 건우는 인체에 대해 잘 알았고, 음공의 힘을 기본적으로 쓰고 있기는 하나 발성에 대한 이해도 역시 뛰어났다.

건우가 조금 손을 봐주자 왕밍의 긴장이 풀리면서 한결 편한 얼굴이 된 걸 볼 수 있었다.

건우는 자리에서 돌아와 심사위원들을 바라보았다.

"이대로는 아쉬우니 한 번 더 들어보는 건 어떤가요?"

"네, 저는 좋아요. 어차피 점수는 미리 눌러놨으니……."

장지연은 건우가 무엇을 한다고 해도 다 들어줄 기세였다. 그 눈빛이 상당히 부담스러웠다. 건우는 아주 어렵게 모신 특별 게스트이니 건우의 의견을 존중해 주었다.

다른 심사위원들도 이미 점수를 눌러놨으니 논란은 없을 것이다.

다시 반주가 시작되고 왕밍이 노래를 부르기 시작했다. 이전보다 훨씬 자연스럽게 노래를 이어갔다. 그렇게 실력이 좋다고 할 수는 없었지만 그건 건우의 기준에서였고 아마추어 치고는 꽤 괜찮았다.

노래가 끝나자 방청객들이 박수를 쳐줬다. 심사위원들도 고개를 끄덕이며 박수를 보냈다. 왕밍은 박수 소리를 들으면서 울컥했는지 눈물을 보였다.

"놀랍네요. 아쉬운 부분이 있기는 하지만 전과는 다른 사람 같네요."

날카로운 독설만을 내뱉던 장지연이 그렇게 말해주자 왕밍은 눈물을 펑펑 쏟았다. 상당히 감동한 모양이었다. 건우도 웃으면서 엄지를 치켜들어 주었다.

점수가 공개되었다. 당연히 좋지는 않지만 건우는 점수를 제법 후하게 주었다. 아주 문제가 심각하지 않으면 후한 점수를 줄 예정이었다.

건우는 그 후에도 다른 참가자들 역시 친절하게 조언을 해주었다. 참가자의 입장이 남 같지 않았고, 출연료로 받는 돈도 엄청나다 보니 열정적으로 임했다. 그것만으로도 모두 제법 감동한 눈치였다.

합격자와 불합격자가 갈리고 장내는 눈물바다가 되었다. 심사위원들도 마음이 아픈지 눈시울이 붉어졌다. 이러나저러나 그래도 꽤 많은 시간을 함께해 왔기 때문이다.

본래 건우가 참여하는 녹화 시간은 그리 길지 않았는데, 건우는 시간을 내어 추가 촬영까지 해주었다. 심사위원들이 합격자들에게 조언을 해주고 축하를 해주었는데, 건우도 함께했다.

녹화가 끝나고 장지연과 허웅, 그리고 다른 심사위원들과 잠시 자리를 가졌다. 모두 중국에서 한가락 하는 인물들이라 친분을 다져놓으면 좋을 것 같았다.

건우에게서 느껴지는 친근한 분위기에 짧은 시간이었지만 그들과 금세 가까워질 수 있었다. 건우가 의도한 바도 있었다.

"건우 씨, 꼭 함께 한번 작업해 보고 싶네요."

"네, 저도."

"곧 연락드리겠습니다."

"감사합니다."

심사위원 중 중국에서 유명한 배우가 그렇게 말하자 건우가 대답했다. 그는 여러 감독들과 연줄이 있었는데, 얼마 전에도 중국 내에서 대박 드라마의 주연으로 출연하기도 했다.

"저희 오늘 뒤풀이하는데 같이 가요. 아! 북경 구경시켜 드릴게요!"

장지연이 건우를 보며 그렇게 말했다. 건우는 미안한 기색을 담아 거절했다. 내일 바로 출국이었기에 시간적으로 빠듯했다. 그리고 사적으로 얽히고 싶지 않은 이유도 있었다.

그녀와 같이 있는 걸 찍혔다가는 루머가 판을 칠 것이 분명했다.

장지연은 무척이나 아쉬워했다. 자신의 번호를 알려주며 다음에 중국에 오면 꼭 연락을 하라고 적극적으로 말했다.

건우는 바로 호텔로 돌아왔다.

'꽤 괜찮았네.'

첫 해외 일정은 생각보다 괜찮았다. 주변에서 마구 띄워주고 많은 사람들이 격렬하게 환호해 주니 구름 위를 걷는 기분이었다. 한국에서보다 인기가 더 많은 느낌마저 들었다. 한국에서도 인기가 많기는 했지만, 공항이 마비가 될 정도는 아니었다.

건우는 운기조식을 취한 뒤 푹신한 침대에서 휴식을 취했다.

*   *   *

녹화가 끝난 지 얼마 되지 않았지만 중국의 포털 사이트는 시끄러웠다. 녹화 때 찍은 건우의 사진들이 마구 올라왔고 관심을 자극하기 위한 기사들도 빠르게 올라왔다.

SNS도 난리였다.

중국에서는 미국에서 만든 페이스클럽이 차단되어 쓸 수 없었고 중국산 SNS인 바이보를 쓰고 있었다.

장지연
건우신과 나란히.
정말 모든 것이 완벽했다!
[사진 첨부: 건우신과.jpg]
좋아요: 42,723 싫어요: 1,230
댓글 12,315

장지연의 글은 많은 인구수를 지닌 나라답게 순식간에 퍼져 나갔다.

왕밍

오늘 녹화가 끝났네요!

결과에 대해서는 말하지 않을게요.

다만 조언을 해주신 이건우 씨에게 감사하다는 말씀드리고 싶습니다. 정말 많은 도움이 되었고 덕분에 자신감도 얻었습니다!

하나하나가 정말 피가 되고 살이 되는 말씀이었습니다.

본방 꼭 봐주세요.

[사진 첨부: 이건우 씨와 단체샷.jpg]

왕밍뿐만 아니라 건우에게 조언을 받은 대부분의 참가자들이 고마움을 담아 SNS에 글을 남겼다. 그게 또 한국의 대형 커뮤니티에 빠르게 퍼져 훈훈함을 선사해 주었다.

그렇게 건우의 중국 방문은 성공적으로 마무리되었다.

건우가 중국에서 촬영한 선택명성에서 건우의 출연 장면만 편집되어 미튜브를 비롯한 여러 커뮤니티 사이트에 올라왔다. 그리고 YS의 직원들이 중국을 방문하며 찍은 동영상들도 YS 공식 미튜브 채널을 통해 올라와 있었다. 좀 더 생생한 현장감이 있고 건우의 모습이 담겨 있었기에 많은 팬들의 주목을 받았는데, 애석하게도 중국 정부에서는 미튜브를 막아놓아 중국 팬들은 볼 수 없었다.

　건우의 다정다감하면서도 뼈 있는 조언은 주목을 받았다. 단지 출연해서 자리만 차지하고 있는 것이 아니라 적극적으로 나서고 공감을 이끌어내는 모습은 조금 오버하자면 많은 한국 팬들에게 자긍심을 심어주기도 했다. 말할 때마다 참가자들을 감동시키고 그들의 눈물을 터뜨려 버리니 화제가 되지 않을 수 없었다. 게다가 SNS에 올라온 감사의 세례 역시 화젯거리였다.

심지어 중국의 뉴스에서도 그 모습을 다루기도 했다.

일본의 학자들이 건우가 심리적으로 안정을 줄 수 있는 목소리를 지녔다는 연구 결과를 발표하기도 했다. 그러면서 자국의 연예인들도 충분히 가능성이 있다고 발언했다. 멀쩡히 있던 일본에서 훈남으로 유명한 배우를 건우의 사진 옆에 붙였다가 본의 아니게 개망신시키기도 했다. 이로 인해 일본 팬들의 비난이 아주 대단했다.

건우는 중국에서 돌아오고 나서 CF 촬영 외에는 휴식을 취했다. 다음 계획을 세울 겸 휴식기에 들어간 것이다.

중국에서 들어온 CF 때문에 몇 번 더 중국에 갔지만 그것 외에는 스케줄이 없었다. 그런데 그것만으로도 드라마 촬영에서 벌어들인 수입을 훨씬 상회하는 돈을 받았다. 때문에 YS의 주가가 엄청나게 올라가고 있었다.

'성 접대, 마약 대란 때도 타격을 전혀 입지 않았으니······.'

3대 기획사에서 이제는 가장 선두로 달리고 있었다. YS와 나란히 하던, 아니, YS보다 조금 더 우위에 있었던 두 기획사는 이진국 사건으로 인해 큰 타격을 입었다. 소속사의 가수뿐만 아니라 임원들이 깊은 관련이 있어 이미지에 엄청난 타격을 입었다.

슈퍼 케이팝스타에 출연하기로 했던 두 대표의 캐스팅이 취소되었고 시그널 뮤직의 유진렬 대표와 요즘 핫한 기획사인 코로나 엔터테이먼트의 박운영이 참여하게 되었다. 둘 다 석준의 후배로 석준이 추천했다고 한다.

석준은 요즘 외모 관리에 열중이었다. 그러나 실질적인 효과는 없는 듯했다. 오히려 운동을 열심히 한 덕분에 더욱 근육질이 되어버렸다. 얼핏 본다면 기획사 대표가 아니라 격투기 선수로 보였다.

건우는 깜빡이는 커서를 바라보며 심각한 표정을 지었다.

건우는 몇 시간 째 모니터 화면을 들여다보고 있었다. 휴식기이니만큼 푹 쉬어도 괜찮았지만 석준이 들려준 멜로디가 귓가에 자꾸 맴돌았다. 때문에 계속 매달렸던 작사 작업을 하고 있는 것이었다.

이론적인 부분은 예전의 건우에 비할 바가 아니었다.

당대 최고의 기타리스트라 불렸던 석준에게 직접 악기 다루는 법을 배웠고, 작곡에 관련된 프로그램, 이론 등을 배우고 있었다. 스케줄도 거의 없어 많은 시간을 투자할 수 있었다.

석준이 워낙 바쁜 덕분에 이 주에 한 번 정도밖에 시간을 낼 수 없었지만 건우의 학습 능력은 석준이 경악할 만큼 빨랐다. 기타의 경우에는 어설프게나마 석준을 따라할 정도의 능력을 보여주었다.

건우의 주변에는 작사 작곡에 관련한 책들이 쌓여 있었다. 아직 YS 정식 프로젝트가 된 것은 아니지만 건우의 앨범은 이미 확정되어 있었다.

싱글 앨범을 내고 정규 앨범을 낼지, 아니면 정규 앨범을 우선 낼 것인지 아직 결정하지는 않았다. 만약 정규 앨범을 낸다면 건우는 두세 곡 정도는 자신이 작사 작곡한 곡을 넣고 싶었다. 그것은 예전에 건우가 막연하게 바랐던 일이기도 했다.

"어렵네."

어려웠다. 무공을 익히고 처음으로 그런 느낌을 받았다. 건우는 인간의 한계를 벗어날 정도의 신체를 갖고 있었다. 육체적 능력은 물론이고 오감, 그리고 학습력을 포함한 지적 능력까지 대단했다. 내공을 곁들인다면 더욱 놀랄 만한 수준을 보일 수 있었다.

그러나 건우는 쉽게 흰 페이지를 채워 나가지 못하고 있었다. 자신의 이야기를 쓴다는 건 건우에게 있어서도 어려운 일이었다.

'여태까지 내가 부른 곡들은 모두 빌려온 것들이었지.'

건우가 부른 노래는 모두 원곡이 있는 노래였다. 그는 지금까지 자기만의 노래는 단 한 번도 지니지 못했다. 미리 만들어져 있는 곡을 부를 때는 상관없었지만, 석준은 건우가 직접 가사를 쓰기를 원했다.

그것이 싱어 송 라이터, 아티스트, 뮤지션으로 가는 첫 걸음이라는 말을 덧붙이기도 했다.

건우는 욕심이 많았다. 배우로서도, 무인으로서도 그리고 가수로서도 정점에 이르고 싶었다. 그걸 누구보다도 빠르게 이루고 싶었다. 무공의 힘이라면 빠른 시간 내에 가능할 것이라 믿었다. 그리고 실제로도 그랬기에 한류스타 반열에 오른 것이다.

그러나 처음 맞이하는 벽은 의외로 높았다.

'너무 얕봤어.'

자신의 이야기, 감정을 곡으로 쓴다는 것이 꽤 어렵게 느껴졌다. 아무래도 지금까지 공부해 왔던 것들과는 조금 동떨어져 있었기 때문이다.

무공도 내공의 양이 늘어났다는 점을 제외하면 정체되어 있었는데, 건우는 본능적으로 이 난관을 극복하면 실마리를 찾을 수 있을 거라고 느꼈다.

건우는 일단 노트북을 접고 자리에서 일어났다.

생각이 복잡했다. 마치 심하게 엉킨 매듭처럼 느껴졌다.

건우는 석준에게 조언을 구할까 하고 스마트폰을 꺼냈지만 도중에 그만두었다. 오늘 슈퍼 케이팝스타의 촬영이 있다고 들었기 때문이다. 본격적인 오디션은 시작한 것이 아니었지만 이벤트 형식으로 촬영을 한다고 한다.

가장 최근에 만났을 때 석준은 무언가 할 말이 있어 보였지만 건우가 고민하고 있는 것을 알아차리고 말하지 않았다. 건우 또한 물어볼 여유가 되지 않았다.

건우는 가만히 앉아서 눈을 감았다. 머릿속에 떠오르는 잡념이 집중을 못 하게 만들었다. 건우는 이대로는 안 된다는 것을 깨달았다.

'조급해하지 말고 처음으로 돌아가자.'

누가 닦달하는 것도 아니었다. 예전처럼 생활비에 쪼들려서 어머니의 속을 썩이는 것도 아니었다. 돈은 오히려 풍족할 정도로 많았다. 이제 숙소를 벗어나 원하는 집을 살 수 있을 정도였다. 게다가 이제 CF 출연료가 정산되면 아마 충분히 부자라고 자칭해도 될 것이다. 마당이 있는 집을 사는 것은 그의 어릴 적 꿈이기도 했다.

'초심이라……'

연기는 얼떨결에 시작해서 지금까지 왔지만 음악은 아니었다. 중학교 때 홍대 공연을 보고 홀딱 반한 것이 계기였다. 홍대에서 유명해지면 쉽게 방송에도 나오고 성공할 수 있을 거라는 근거 없는 자신감이 있었다. 어리석은 생각이었지만 그때는 그래도 진지했었다. 다른 것은 아무것도 생각하지 않고 그것만을 생각했던 시절이었다.

건우는 가볍게 챙겨 입고 기타를 메었다. 기왕 초심으로 돌아가는 거 예전 느낌을 내고 싶었다. 예전이라고 해봤자 그리 오래되지 않았지만 말이다.

마스크를 착용하고 모자를 눌러썼다. 그리고는 알이 없는 안경까지 쓰니 얼굴이 완전히 가려졌다. 두꺼운 후드티에 트레이닝 바지를 입어 자신의 외모가 남들 눈에 띄지 않게 만들었다.

오랜만의 외출이었다. 주차장으로 향하려다가 피식 웃고는 버스 정거장으로 향했다. 건우가 살고 있는 동 앞에 모여 있는 팬들이 있었는데 건우는 기척을 죽이고 지나갔다.

다행히 팬들은 조용히 서성일 뿐 소란을 피우지 않아 민폐를 끼치지는 않았다. 그래도 여러모로 불편을 끼치고 있어 추후에 아파트보다는 주택을 구입할 생각이었다.

두 정거장을 걸어가 인적이 드문 곳에서 오랜만에 버스를 탔다. 군대를 가기 전까지만 해도 어디를 갈 때면 항상 버스를 타고 이동하곤 했다.

'이제 4년 정도 되었구나.'

고등학교를 자퇴하고 군대에 가기까지 거의 홍대에서 살다시피 했다. 그러나 아무도 그때의 건우가 자신이라는 것을 모를 것이다. 노래도, 연주도 평범 그 자체였으니까.

지금의 건우는 평범과는 거리가 있었다.

건우는 창밖으로 비치는 풍경을 바라보았다. 익숙한 백화점이 보였다. 취업이라도 해볼까 하고 정장을 사러 들어간 곳이었는데, 너무 비싸서 그냥 나왔던 기억이 있었다.

그 돈이면 술이 몇 병인지 계산한 적도 있었다. 그때 생각이 나자 피식하고 웃음이 나왔다.

"응?"

백화점 벽면에 커다란 사진이 걸려 있었는데, 다름 아닌 자신이었다. 얼마 전에 찍은 화보였다. 해외에서도 유명한 조주연 사진 작가와 찍었는데, 제법 즐거웠던 기억이 났다. 상당히 까탈스러운 사람이라고 들었는데 건우와 작업할 때는 굉장히 나긋나긋했다.

사진 속에서 나름 섹시하게 보이는 자신의 눈빛이 지금의 건우에게는 오글거리게 다가왔다. 그래도 전처럼 못 볼 걸 봤다는 생각은 들지 않았다. 이제는 적응되어서 조금은 뿌듯하게 느껴지기까지 했다.

'잘나기는 했네.'

문득 그런 생각이 갑자기 들었다. 건우는 피식 웃으면서 고개를 설레 저었다. 그래도 이 정도 자만은 충분히 용납될 수 있을 것이다. 어쨌든 자신은 대한민국에서 제일 잘났다는 평을 듣고 있으니 말이다.

'일신사인(一神四人) 체제라고 했나⋯⋯.'

일신사인 중 일신은 건우를 뜻하는 말이었다.

건우의 옆에 제법 잘 차려입은 노인이 앉았다. 그가 건우의 다리 사이에 있는 기타를 보더니 말을 걸었다.

"기타리스트?"

"그냥 조금 치는 정도입니다."

"허허, 젊었을 때 악기 하나 배워놓으면 좋지."

건우는 고개를 끄덕였다.

"거, 뭐야. 요즘 그 뭐야… 그… 황금태양인가? 아무튼 그 양반 노래가 좋더라고. 그 정도는 불러야 가수지. 허허."

"그래요?"

"옛날 생각도 나고… 나 같은 노인네에게는 그냥 그런 게 좋아. 근데 그 양반 노래 좀 했으면 좋겠는데… 영 요즘에 테레비에 안 나온단 말이야. 음, 그런데 뭘 그리 꽁꽁 싸매고 다니나?"

"감기 걸려서요."

흠칫!

"크흠, 거, 몸조심하게나."

노인이 움찔하더니 헛기침을 하고는 은근슬쩍 자리에서 일어나 다른 자리로 옮겨갔다.

건우는 홍대에 도착했다. 놀기 좋은 시간대이고 주말이다 보니 사람으로 붐볐다. 건우는 후드마저 눌러쓰고 거리를 걸었다.

활력이 넘쳤다.

거리에 놓여 있는 피아노를 치는 사람이 보였고, 즉석에서 합연하는 광경도 펼쳐졌다. 건우는 사람들 사이에 서서 음악을 감상했다.

그리 좋은 솜씨는 아니었지만 그 안에서 살아 숨쉬는 무언가가 느껴졌다. 악기를 연주하며 발산하고 있는 열정, 그리고 즐거운 감정이 고스란히 건우에게 전해졌다.

'좋네.'

건우는 오랜만에 여유로움을 느꼈다. 건우는 마스크 싱어 때 국내 최고의 세션들과 함께 무대를 꾸몄었다. 그러다 보니 이런 거리 연주를 듣다 보면 부족한 부분이 들릴 수밖에 없었지만 오히려 그 부분이 좋게 다가왔다.

생생한 날것 같은 느낌이었다. 그런 패기와 열정이 지금은 더 가슴에 와닿았다.

'나오길 잘했어.'

휴식기라 스케줄도 없으니 오랜만에 밤늦게까지 있어도 상관없었다.

건우는 예전에 자신이 버스킹을 했던 곳도 가보았다. 구석진 자리라 여전히 사람이 없었다. 그때는 패기 하나만으로 저곳에서 노래를 불렀다. 지금 생각해 보면 조금 부끄럽기는 했다. 아마 그리 듣기 좋지는 않았을 것이다.

홍대 입구 9번 출구에서 놀이터 쪽으로 가는 길목에 있는 장소가 명당이었다. 원래 사람이 엄청나게 붐볐지만 지금은 더욱 그랬다.

무언가 이벤트가 있는 모양이었다. 건우는 주변을 살펴보았다.

"응?"

카메라가 보였다.

사람들의 시선이 건우 쪽으로 몰렸다. 건우는 몰리는 시선에 멈칫했다.

"와아아아!"

환호를 내지르는 사람을 보면서 건우는 깜짝 놀랐다.

'날 알아본 건가?'

마스크와 후드티, 그리고 안경으로 무장했는데, 이렇게 많은 사람들이 알아볼 리 없었다. 건우가 어떻게 반응해야 하나 잠시 당황할 때였다.

"지나갑니다. 죄송합니다. 길 좀 비켜주세요."

"아… 예."

건우의 옆으로 슈퍼 케이팝스타라고 적혀 있는 티를 입은 사람들이 지나갔다. 마이크, 스피커를 포함한 장비를 들고 가더니 자리에 놓았는데, 슈퍼 케이팝스타 시즌3라는 스티커가 붙어 있었다.

그리고 마지막으로 누군가 등장했다. 큰 덩치를 지닌 인물이었다. 역시 슈퍼 케이팝스타 시즌3라고 적혀 있는 옷을 입고 있었는데, 근육질의 몸매를 전부 감출 수 없었다.

이제는 압도적으로 느껴지기까지 한 몸매였다.

그가 건우의 옆을 지나갔다.

'아…….'

건우는 피식 웃고는 고개를 설레 저었다. 잔뜩 멋을 낸 석준이 눈앞에 있었다. 부스스했던 머리는 깔끔하게 정리되어 있었고, 잘 쓰지 않는 선글라스까지 썼다. 이제 해가 지는 시점이었는데도 말이다.

'그러고 보니 딸아이한테 TV에 나온다고 자랑했다고 했던가.'

석준의 딸이 분명 아빠는 유명한 기타리스트이고 3대 기획사의 대표인데 왜 TV에 안 나오냐고 말했다 한다. 그것 때문에 제의를 받았을 때 흔쾌히 승낙했다고 건우에게 말해주었다.

오늘 촬영이 이걸 말하는 것이었다. 건우는 세상이 참 좁다고 생각했다.

석준을 알아본 사람들이 환호를 질렀다.

"와! YS!"

"잘생겼다!"

"헐, 대박!"

석준의 이미지도 상당히 좋았다. 미나 사건 때 소속 가수를 확실하게 보호하겠다는 의지를 보여줬고, 연습생들에게도 아빠처럼 잘해준다고 소문이 나 있었다. 현재 가장 가고 싶은 기획사 순위에서 압도적으로 1위를 유지 중이었다. 물론 건우가 일조한 부분도 있었다.

"안녕하세요? 기타리스트이자 YS 대표, 이석준입니다."

"하연이는 안 왔나요?"

그런 남자의 목소리가 들리자 석준은 피식 웃고는 입을 떼었다.

"하연이는 저보다 바쁩니다. 아무튼 제가 왔으니 좀 더 좋아해 주세요."

"와아!"

"좀 더 환호해 주세요!"

"와아아!"

"크흐! 좋습니다."

건우는 사람들과 함께 석준을 구경했다. 석준은 자신에게 몰리는 시선을 즐기고 있었다. 그도 지금은 기획사의 대표로 있지만 한때는 대한민국을 주름잡았던 기타리스트였다. 대중의 관심에 목마른 것은 숨길 수 없었다.

'신선하네.'

건우는 석준의 저런 모습이 제법 신선하게 느껴졌다. 그렇기에 속으로 응원을 하게 되었다.

"제가 여기 온 이유가 궁금하신가요?"

"네!"

석준은 씨익 웃으면서 품에서 티켓 3장을 꺼냈다. 티켓에는 슈퍼 케이팝스타 프리 패스라고 써져 있었다.

"이곳에서 직접 심사해서 세 분을 뽑을 겁니다. 예선 없이 바로 본방송으로 직행하실 수 있는 티켓입니다."

"와아!"

"진짜? 대박!"

사전 방송용으로 찍는 모양이었다.

지금 슈퍼 케이팝스타 시즌3에 신청한 지원자들의 숫자는 역대 최고라고 한다. 좋은 모습을 보인다면 기획사로 스카우트될 수도 있었고 무엇보다 YS로 갈 수도 있었기 때문이다. 저 티켓이 있다면 예선을 보지 않아도 되었기에 상당히 유리했다.

테스트는 바로 시작되었다. 갑작스러운 상황이었지만 의외로 질서정연했다. 석준이 즉석에서 참가자들을 받아 여러 가지를 질문하며 노래를 시켰다.

주위에서 지켜보던 사람들도 모두 공연을 즐겼다. 심사의 형식을 띠고 있기는 하지만 공연 자체라고 봐도 무방했다. 석준도 그런 분위기를 망치지 않았다.

건우는 즐거운 마음으로 참가자들의 노래를 들었다.

목표를 위해 달려 나가는 뜨거운 감정이 느껴졌다.

건우도 그 모습을 보며 자극을 받았다. 마모되었던 의욕이 샘솟는 것 같은 느낌을 받았다.

'내가 너무 어렵게만 생각한 걸지도 모르겠네.'

이제 시작이었다.

황금태양으로 유명해진 자신이니만큼 엄청나고 위대한 것을 만들어내야 한다는 압박감도 있었다. 그러면서 정작 노래가 가져다주는 즐거움을 잊고 있었다. 배역을 연구할 때처럼 노래를 너무 분석하려 하고 파고들었기에 어려움을 느낀 것인지도 몰랐다.

연기와 노래는 같은 것 같으면서도 달랐다.

"와아아!"

"좋은데?"

건우는 사람들과 같이 파묻혀 환호를 질렀다. 다른 참가자가 등장했다.

"자기소개 좀 해주세요."

"네! 27살, 초네임드 밴드에서 보컬을 맡고 있는 레몬스컬입니다. 만나 뵙게 되어 영광입니다."

"오, 로큰롤."

"예얍!"

레몬을 보는 것 같은 머리카락 색을 지니고 있는 청년이었다. 록을 하는 사람들에게는 상징과도 같은 손 제스처를 취했는데, 록을 좋아하는 사람들이라면 모두 알고 있는 제스처였다. 악마의 형상을 뜻한다고 잘못 알려져 있지만, 실제로는 악마의 눈을 찔러 쫓아버린다는 표현이었다.

"제가 부를 노래는… 황금태양 버전의 '내 마음대로'입니다."

"그 곡 어려운데, 굳이 건우 버전으로 부르겠다구요?"

"네! 자신 있습니다!"

레몬스컬이 자신감 넘치게 대답하자 주변의 관객들이 기대감을 나타냈다. 건우도 마찬가지였다. 건우는 원곡 자체도 좋아했지만 레몬스컬이 자신이 부른 버전으로 부른다고 하니 그 기대감이 더욱 커졌다.

'3연승 때 부른 노래네. 그때는 힘을 팍 줬었지.'

반드시 이기겠다는 의지를 담아 편곡했던 곡이었다.

건우의 여러 가지 의견을 반영하다 보니 난도가 확 올라갔다. 고음도 고음이었지만 쉬는 구간이 별로 없어 호흡이 굉장히 중요했다. 현재 커버곡을 부르는 이들이 상당히 많을 정도로 유명했다. 잘 불렀다고 평가받는 이들은 손에 꼽지만 말이다. 음공의 능력이 십분 발휘된 곡이었기에 경력이 있는 가수에게도 힘든 곡이었다.

의외로 이런 곡이 사랑을 받고 있었다.

'엄청 어렵게 만들어도 좋을 것 같은데…….'

자신만이 부를 수 있는 곡을 만들면 어떨까?

감동을 주는 것과는 조금 다른 방향이기는 하지만 그것도 재미있을 것 같았다. 건우는 잊고 있었던 음악의 자유로움을 느꼈다.

"반주는… 음, 건우 버전이기도 하니까 제가 연주해 드릴게요."

"와아아아!"

관객들이 환호했다. 레몬스컬은 감격하며 눈시울을 붉혔다. 밴드를 하는 이들에게는 석준은 우상이었다. 그의 기타 실력은 전설로 불렸고 그가 기획사를 세워 성공하는 데 많은 도움이 되었다. 석준이 만든 음반은 지금도 회자가 되고 있을 정도였다. 그런 전설이 직접 기타로 반주를 해준다니 감동하지 않을 수 없었다.

예정에 없던 탓에 기타가 준비되어 있지 않은 모양이었다.

석준이 직접 기타를 빌리기 위해 두리번거리다가 건우와 눈이 마주쳤다. 석준이 고개를 갸웃하며 쳐다보다가 건우임을 알아보고는 화들짝 놀랐다. 그러다가 헛기침을 하며 표정 관리를 하고는 건우에게 직접 다가와 기타를 빌렸다.

"이야, 좋은 기타네요."

당연히 좋은 기타일 수밖에 없었다. 석준이 건우에게 선물해 준 통기타였기 때문이다. 석준이 건우를 바라보며 씨익 웃었다. 건우도 마주 웃어주며 기타를 흔쾌히 빌려주었다. 물론 마스크를 쓰고 있어 그 웃음이 보이지 않았지만 말이다.

곧 석준의 화려한 연주에 맞춰 레몬스컬이 노래를 부르기 시작했다. 레몬스컬의 샤우팅으로 노래가 시작되었다. 발성적으로 뛰어나다고는 할 수 없었지만 그래도 무언가 에너지가 느껴졌다.

그가 가진 음악 세계를 단번에 보여주었다.

'괜찮네.'

건우도 열린 마음으로 노래를 감상했다. 자신이 음공으로 부른 노래를 그래도 그럭저럭 소화하는 걸 보니 세상에 천재는 많다는 것을 깨달았다.

정말 노래를 잘 부르는 사람이 많았다.

"와아아!"

짝짝짝!

레몬스컬의 노래가 끝나자 박수가 이어졌다.

"여러분 어떻게 할까요?"

"합격이요!"

"합격시켜 줘요!"

석준이 고민하는 척하자 관객들이 소리쳤다.

석준은 관객들의 목소리에 미소 짓고는 레몬스컬에게 프리 패스 티켓을 주었다.

"으아아아아! 됐다!"

레몬스컬은 세상을 다 가진 것처럼 좋아하며 소리를 질렀다. 그러다가 기타를 빌려준 건우에게 다가와 건우를 끌어안았다. 건우는 조금 황당했지만 레몬스컬이 워낙 좋아해서 적당히 맞춰주었다.

레몬스컬이 건우와 어깨동무를 하며 방방 뛰었다. 카메라가 레드스컬을 찍고 있었고 사람들도 보고 있었는데, 건우를 레몬스컬 밴드의 일원으로 생각하는 듯했다.

사람들이 바글바글 모여들었다. 석준도 호응에 신이 났는지 즉석에서 기타 연주까지 보여줬다. 슈퍼 케이팝스타의 촬영이기보다는 마치 석준의 콘서트 같은 분위기가 났다.

석준은 분위기에 취해 이후 참가자의 모든 반주를 도맡아 했다. 석준과 참가자가 음악적 영감을 나누는 모습은 보기 좋은 장면이었다.

"기타 연주는 여기까지만 할게요."

석준이 기타를 건우에게 돌려주며 건우를 바라보았다. 건우는 석준의 눈빛을 본 순간 쉽게 돌아갈 수 없음을 짐작했다.

'뭐, 석준이 형이 하자고 하는 거면 상관없겠지.'

소속사 대표님이 근 5년 만에 처음 하는 방송 활동이니 도와줄 준비는 되어 있었다. 물론 건우가 오디션 프로그램에 나갈 리는 없었다.

그냥 홍보 정도였다.

"음악 하세요?"

"아, 네."

"마지막으로 기타를 빌려줘서 고맙다는 의미로 기회를 드릴까 하는데 어떠세요? 괜찮죠?"

석준은 아주 고맙다는 눈빛이 되었다. 너무 초롱초롱해서 외면하고 싶을 정도였다. 지금 당장에라도 건우에게 달려들어 뽀뽀 세례를 퍼부을 것 같았다.

지금 다른 기획사의 대표도 각자 다른 곳에 가서 게릴라 심사를 하는 중이었다. 가장 많은 호응을 받은 쪽이 특권을 가져가는데, 석준은 기왕 이렇게 된 거 1등이 하고 싶었다.

석준이 잠시 스태프들과 이야기를 나눴다.

석준이 건우의 출연을 다 알고 있다는 듯 이야기를 하자 오히려 스태프들이 화들짝 놀라더니 어디론가 전화를 했다. 그렇게 잠시 시간이 지체되었다.

석준이 제작진 쪽에서 한동안 이야기를 나누고 있을 때 사람들이 많이 떠나갔다. 석준도 꽤 유명했기에 석준을 보려고 남아 있는 사람들도 있었지만, 다른 기획사 대표들이 홍대에 왔다고 소문이 나면서 그곳으로 우르르 몰려간 것이다.

기획사 대표만 온 것이 아니었다.

"야야! 저쪽에 이유리 왔대. 역시 시그널 뮤직!"

"진짜? 가보자."

"오오!"

경쟁에 불이 붙었는지 다른 두 대표는 자신의 소속사 가수들을 데리고 나왔다고 한다. 출연료와 상관없는 깜짝 출연이라 제작진 측에서는 아주 흔쾌히 수락했다고 한다.

'이유리? 군대 있을 때 장난 아니었지.'

데뷔하자마자 단번에 국민 여동생으로 등극한 가수였다. 가창력도 뛰어나고 외모도 귀여웠는데, YS에서 탈락했다. 그때문에 석준이 두고두고 후회했다고 알려져 있었다.

석준은 은근슬쩍 소속사 가수들에게 대해 물어봤지만 모두 스케줄이 있거나 앨범 작업에 한참이었다. 요즘 핫한 샤인이 나온다면 엄청난 파급력을 불러일으켰겠지만 안타깝게도 지방 행사 때문에 오지 못했다.

건우는 석준이 자신에게 할 말이 있다는 듯 전화를 했던 것이 떠올랐다. 뭐 하고 있느냐는 말에 건우는 작사 작업과 곡 구상을 하고 있다고 이야기를 했다. 머뭇거리다가 말을 하지 않았는데, 건우는 그 당시에 그냥 자신의 근황이 궁금해서 전화했거니 하고 생각했다.

'내가 깜짝 등장한 걸로 착각한 건가?'

지금 생각해 보니 석준이 오해했을 수도 있을 것 같았다. 깜짝 이벤트라든가 그런 걸로 말이다. 그 도저히 방금 그 고맙다는 눈빛이 잊어지지가 않았다.

'뭐… 선의의 거짓말이라는 것도 있으니까.'

석준의 들러리 역할을 확실히 하기로 마음을 정했다.

건우는 석준의 옆으로 이동했다. 카메라가 노골적으로 건우를 중심으로 찍었다.

석준은 건우의 기타를 들고 건우를 바라보며 씨익 웃으며 작게 속삭이기 시작했다.

"크흐, 고맙다. 이렇게 놀래켜 주고 말이야."

"아, 아뇨. 당연히 와야죠. 오히려 연락 안 하고 와서 민폐인 것 같은데요."

"아냐, 저기 기뻐하는 거 안 보이냐?"

스태프들은 환하게 웃고 있었다. 예정에 없던 일이지만 허

용 범위 안이었다.

"뭐 부를래? 오랜만에 달빛 호수 OST 어떠냐?"

"좋죠."

이미 많은 사람들이 빠져나간 상태였다. 이유리라는 국민 여동생의 파장은 강력했다. 가창력으로는 두말할 것도 없이 대단했지만 아쉽게도 마스크 싱어 출연 당시 건우에게 큰 득표 차로 패배해 가왕 달성에 실패했던 경력이 있었다.

석준이 기타를 치기 시작했다. 달빛 호수의 도입부가 울려 퍼지자 주위에 있던 사람들이 무척이나 좋아했다.

가장 좋은 OST 중 하나로 꼽히기도 했고, 특히 건우 버전은 건우가 명예 졸업을 한 뒤에 재조명을 받아 다시 차트를 역주행했었다.

어쩌다 보니 철저히 정체를 숨기고 와 깜짝 등장하는 것이 되어버렸다. 건우는 노래를 부르기 위해 마스크를 내렸다.

"여러분! 절 위해 와준 건우입니다."

"어?"

"헉! 대박!"

"레몬스컬 밴드 아니었어?"

석준이 자랑스럽게 소개했다. 건우는 피식 웃고는 석준의 연주에 맞춰 오랜만에 달빛 호수 OST를 부르기 시작했다. 건우의 목소리는 압도적이었다. 달빛 호수 OST를 녹음할 때와는 비교도 되지 않을 정도였다.

더욱 깊어진 무공, 그리고 이제는 완전히 하나가 된 음공은 건우의 역량을 아득히 높여주었다.

'좋다.'

건우는 석준의 연주에 빠져들었다. 무언가 그동안 고민하고 있던 것들이 사라지는 것 같은 느낌이 들었다. 노래에 빠져드는 감각을 처음 느꼈다. 연기를 통해 더욱 깊어진 감정의 몰입은 이곳이 어떤 곳인지 잊게 해주었다. 노래와 연주 소리에만 집중해 건우가 지금 느끼고 있는 기분을 발산했다.

건우는 거의 무아지경이 되어가고 있었다. 건우는 지그시 눈을 감았다. 그리운 감정이 밀려들었다.

'과거에도 이랬었나?'

흐릿한 기억이 보였다. 자신이 노래하는 것은 아니었다. 그러나 그의 곁에서 노래를 불러주는 이가 있었다. 장소는 허름하고 초라했지만 이루 말할 수 없는 행복을 느꼈다. 그런데, 분명 행복할진데, 그 기억을 떠올리면 너무나 슬퍼졌다.

가슴이 찢어질 것 같은 지독한 슬픔이었다.

석준의 구슬픈 연주 소리와 건우의 슬프고 애절한 목소리가 모두의 눈과 귀, 그리고 마음을 사로잡았다. 마지막 소절을 부르고 연주가 끝났다.

석준도 오랜만에 노래에 취해 기타를 쳐서 그런지 표정이 한결 밝았다. 건우의 목소리와 자신의 연주가 만들어낸 감동은 그가 처음 공연을 했을 때의 기분을 갖게 해주었다.

건우는 천천히 눈을 떴다. 눈시울이 살짝 붉어져 있었다. 무언가 아주 예전부터 가슴에 담고 있던 감정을 뱉어낸 것 같아 개운한 기분이 되었다. 떠올렸던 흐릿한 기억이 점차 윤곽을 잡아가는 것 같았다.

머릿속에 있던 장막이 부서지는 느낌이 들었다.

"와아아아!"

"꺄악!"

석준이 막 왔을 때보다 훨씬 많은 사람들이 몰려 있었다. 환호 소리는 생각보다 작았는데, 눈시울을 붉히는 사람과 여운에 빠져 긴 숨을 내쉬는 사람 등 그러한 사람들이 많았기 때문이다.

"고맙다, 건우야. 어쩐지 너 오늘 대답이 시원찮더니… 크흐, 내 면이 선다."

"으, 음… 첫 방송이라고 하셔서 한번 와봤어요."

"너밖에 없다."

석준이 건우를 끌어안았다. 어지간히 감동을 먹은 모양이었다. 어쨌든 석준도 만족하고 있고, 건우도 나온 목적을 달성했다. 큰 깨달음을 얻은 것은 아니었지만 앞으로 가야 할 방향을 정할 수 있을 것 같았다.

어느새 이유리를 포함한 두 대표도 근처에 와 있었다.

그들도 건우의 노래를 듣고 감동한 듯 표정이 좋았다.

"와, 이건 반칙이지."

"이 형님 치사하시네. 이건 그냥 치트키잖아."

유진렬과 박운영이 고개를 설레 저었다. 이유리는 건우를 바라보다가 먼저 인사를 건넸다. 얼떨결에 석준과 이유리, 그리고 곧이어 도착한 다른 가수들과 클로징까지 촬영하게 되었다.

'조급해할 필요 없어. 어차피 시간은 많으니…….'

건우의 가슴이 두근거렸다. 잊고 있었던 기억의 일부가 뚜렷해지는 것이 두렵기도 했지만 기대되기도 했다. 무엇보다 잊고 있었던 중요한 것을 찾은 것 같았다.

앞으로 술술 잘 풀릴 것 같은 강렬한 예감이 들었다.

＊　　　　＊　　　　＊

건우는 집으로 돌아온 이후에 손에서 기타와 펜을 놓지 않았다. 미디 작곡에 대해서도 배웠지만 아직까지는 익숙하지 못했다. YS 사옥이라면 최신 설비를 가지고 이것저것 연구할 테지만 지금 건우는 숙소에 와 있었다.

'옛날 생각나는데.'

예전에 했던 것처럼 핸드폰 녹음기를 켜고 마음껏 흥얼거렸다. 그때는 작사 작곡이라는 것에 대해 기본적인 개념도 없었다. 우습게도 그 실력으로 데모 테이프까지 만들 뻔했다. 물론 인내가 부족해 도중에 때려치웠기에 흥얼거림으로 끝났지만 말이다.

한심해 보일 수도 있겠지만 그때는 나름 즐거웠다.

지금도 싱어 송 라이터라고 불리기에는 부족하지만 그에게는 든든한 후원자인 석준이 있었다.

건우는 예전의 추억을 떠올리며 그때 불렀던 것들을 불러 보았다. 재생해 들어보니 곡이라고 하기에는 유치했고, 대단히 어설펐다.

'추억이라……'

그는 아직 24살이었다. 아직 살아갈 날들이 창창했고, 추억이라 부를 수 있는 것은 많지 않았다. 학교를 자퇴하고 난 후 그다지 좋은 추억이라고 부를 수 있을 만한 것은 없었다. 남들이 다 한다는 연애도 그저 잠깐 경험해 봤을 뿐이고, 그 안에 호감은 있었지만 애정은 없었다.

'그게 전부는 아니지.'

그보다 오래전, 그는 꽤 긴 세월을 살았다. 현생과 비교하면 분명 치열한 삶이었다. 건우는 눈을 감고 그 광경을 떠올려 보았다. 내공이 천천히 돌기 시작하더니 그때의 감정이 밀려왔다.

초라한 오두막에서 사는 삶이 좋았다.

그는 내상이 다 나았음에도 떠날 수 없었다. 무림인으로서의 자긍심은 이미 없었다. 소소한 일상 속에서 깨달음을 얻어 화경에 올랐지만 그토록 바라던 복수는 할 수 없었다.

간신히 얻은 행복이, 이 삶이 한순간 무너져 내릴 것을 알았기 때문이다. 고개를 돌리면 알 수 없는 멜로디를 흥얼거리며 술을 빚고 있는 그녀가 있었다. 그 멜로디에 담긴 감정은 행복이었다. 무인으로서의 경지, 탐욕, 권력이 모두 무의미해지는 순간이었다.

그는 잘 때도 놓지 않았던 검을 드디어 놓을 수 있었다.

건우는 천천히 눈을 떴다. 그의 입가에는 미소가 걸려 있었다.

'적어도 의미 없던 생은 아니었나 보군.'

기뻤다.

무의미하게 비무행을 하다 원한을 사서 죽은 것은 분명 아니었다. 모든 것을 포기하고도 행복을 느끼게 해준 상대가 있었다. 건우는 그녀가 흥얼거린 멜로디를 떠올려 보았다. 머나먼 과거였기에 고풍스러웠지만 어느 부분은 의외로 현대적이었다.

그녀는 자기가 만든 노래라고 자랑하던 것이 떠올랐다. 그 당시에 건우는 그게 무슨 해괴한 노래냐고, 요괴나 부를 것 같다며 고개를 설레 저었다.

사실은 듣기 좋았는데, 무뚝뚝했던 자신은 티를 낼 수 없었다.

'이걸로 만들어볼까?'

건우는 바로 스마트폰을 켜서 녹음 앱을 틀었다. 실력이 부족했지만 건우에게는 체력과 끈기, 그리고 무공이 있었다.

'당분간은 스케줄도 없으니……'

제의가 많기는 했다. 드라마도 있었지만 영화가 특히 많았다. 그러나 딱히 그의 마음에 드는 것은 단 하나도 없었다.

배부른 소리지만 진부한 로맨스물을 찍고 싶지 않았고, 뻔히 결말이 보이는 액션 영화도 별로였다. 모두 작품성보다는 건우의 화제성으로 캐스팅을 하고 싶어 했다. 석준이 검토 단계에서 자른 것도 대단히 많았다. 인기를 위해 마구잡이로 출연하고 싶지도 않았다.

배역에 대한 고민도 깊어지고 있었다.

'해보자.'

지금은 일단 무엇보다도 남의 곡이 아닌, 자신의 곡을 가지고 싶었다.

그것은 건우의 어린 시절 꿈이기도 했다.

                         *   *   *

건우는 상당히 깊이 몰입했다. 너무나 몰입이 깊어 그 어떤 방해도 그에게 작업에서 손을 떼지 못하게 만들었다. 거의 무아지경으로 작업한 것 같았다.

벌써 며칠이 훌쩍 지나가 버렸다. 방해받는 것이 싫어 간간히 걸려오는 전화만 받고 식사도 라면으로 가볍게 때우며 열중했다. 내공을 아낌없이 쓴 덕분에 건우의 집중력은 전혀 흩어지지 않았고 지금도 여전했다.

석준이 만든 곡에 작사도 해보았고, 자신이 어설프게 만든 곡에 직접 작사를 해서 불러도 보았다. 핸드폰에 녹음한 것들은 많았다. 대부분 건우가 듣기에도 심하게 오글거리는 부분 투성이었다. 느낌이 가는 대로 만들어 이게 뭔지 의심스러운 것들도 있었다.

그래도 과거의 그때를 생각하며 만든 곡은 자신이 들어도 그럴듯했다. 가장 공을 들였고, 몰입해 만든 곡이었다. 그리고 제일 처음으로 만든 곡이기도 했다.

'이게 내 한계네.'

처낼 것들은 쳐내야 했지만 건우는 삭제를 하려다가 손가락을 멈췄다. 곡 같지도 않은 것들이지만 자식같이 느껴져 너무 아까웠다. 건우는 한숨을 내쉬고는 대충 추렸다.

혼자 작사 작곡을 하고 노래까지 부르는 가수들이 대단하게 느껴졌다. 선배 가수 중에는 건우보다 어렸을 때 지금까지도 회자되는 곡들을 많은 가수도 있었다. 그런 천재에 비할 바가 아니지만 건우에게는 무공이 있었다.

'천천히 쌓아가자.'

연기에서 느꼈던 도전 욕구가 꿈틀거렸다. 두 분야 모두 정점에 오르고 싶었다. 아마 세계에서 찾아봐도 그런 존재는 드물 것이다.

건우는 석준에게 연락을 하고 사옥으로 향했다. 다행히 석준이 잠시 오후에 시간이 되어서 약속을 잡을 수 있었다. 당연한 말이겠지만 YS에서 나오는 모든 곡들은 석준을 통해야만 했다. 석준이 작곡하지 않은 곡들도 많았지만 석준이 들어보고 직접 허가를 내려줘야 작업을 할 수 있었다.

YS가 암울했던 시기를 버틸 수 있었던 것은 석준의 저작권료가 있었기 때문이다. 그만큼 석준은 방대한 곡들을 보유하고 있었다.

건우는 간단히 씻고 바로 사옥으로 향했다. 아무리 건우라도 친구처럼 석준을 만날 수 있는 것은 아니었다. 미리 약속을 잡아야 했고 건우가 기다려야 했다. 물론, 건우인지라 석준이 없을 때도 대표실을 마음대로 들락날락거릴 수 있기는 했다.

'올 때마다 느끼지만 참 대단해.'

수많은 레코드판과 고풍스러운 레코드 축음기 여러 대가 진열되어 있었다. 제일 눈에 띠는 것은 액자로 걸려 있는 레코드판 표지였다. 우리나라 100대 음반 중에 하나였는데, 석준이 대학생 시절에 만들었던 곡들이 수록되어 있었다. 석준은 대학가요제 금상 출신이었다.

'과거나 지금이나 대단하구나.'

더 먼 과거, 전생에서도 아주 잘난 사내였다. 비록 경지는 낮았지만 건우와 비교할 수 없을 정도로 학식이 풍부했다. 건우는 책상 위에 있는 석준의 사진들을 바라보았다. 그의 역사가 한눈에 보였다.

"왔냐?"

석준이 대표실 안으로 들어왔다. 그는 오자마자 한쪽에서 직접 커피 믹스를 타서 건우에게 주었다. 커피 믹스가 든 곽에는 건우가 커피 잔을 들고 있는 사진이 들어가 있었다. 원래는 다른 걸로 대량 구매해 마셨는데, 건우가 CF를 찍고 나서 이걸로 바로 교체했다고 한다.

석준은 소파에 등을 푹 기대 안고는 긴 숨을 내쉬었다. 상당히 피곤해 보였다. 건우는 맞은편에 앉아 석준을 바라보았다.

"바쁜데 죄송해요."

"응? 뭐, 바빠도 네가 보자면 봐야지. 우리 YS의 자랑! 한류 스타 이건우 아니냐."

"하하……."

건우는 피식 웃었다. 그리고 석준과 한동안 잡담을 나누었다.

이후에도 미팅이 있는 모양인지, 석준이 건우에게 무슨 용무인지 물어봤다.

"저한테 작사 맡기신 곡이요. 그거 멜로디 붙여서 불러봤어요."

"응? 집에서?"

"네."

숙소에 홈 레코딩을 할 수 있는 시설은 없었다.

석준도 그걸 잘 알고 있었다. 석준은 건우가 이사 갈 집에는 최신 홈 레코딩 설비와 시스템을 깔아줄 생각이었다. 건우가 직접 구입한다는 것을 말리고 있는 중이었다. 아무래도 이쪽의 전문가는 석준이었기 때문이다.

건우가 스마트폰을 꺼내서 보여주자 석준이 피식하고 웃었다.

"나도 예전에 카세트테이프로 녹음했었지. 뭐, 들어나 보자. 아! 잠깐만!"

석준은 서랍에서 블루투스 스피커를 꺼내왔다. 석준은 최신 기기를 모으는 취미가 있기도 했다. 스피커와 연결하자 건우가 곡을 틀었다.

저번에 허밍한 노래에 가사를 붙인 것이었다. 노트에 적은 가사도 가져왔다.

제목은 '통증'이었다.

건우가 전생에서 기억나는 모든 이별들을 떠올리며 써 내려간 곡이었다. 어머니와의 사별, 석준의 죽음, 그리고 확실하지는 않지만 분명 있었을 그녀와의 이별 등을 떠올렸다. 분명 투박했지만 경험하지 않았다면 모를 진정성이 담겨 있었다.

건우의 목소리는 예전에 레스토랑에서 만났을 때보다 더 슬픈 톤이었다. 같은 코드의 진행이었지만 그때보다 더욱 처절하게 느껴졌다. 감정선을 따라가다 보니 조금 더 무리해서 부른 부분도 있었다.

석준은 그 부분이 마음에 들었는지 크게 놀라며 주먹을 불끈 쥐었다. 핸드폰이다 보니 녹음 상태는 좋지 못했지만 그래도 큰 무리 없이 전체적으로 들어볼 수 있었다.

"좋은데? 음, 가사도 괜찮아. 조금 손봐야 할 곳이 보이지만 처음치고는 아주 훌륭해. 일단 뭐, 네 목소리가 사기이니 반은 먹고 들어가는구나."

"다행이네요."

"곡 작업 들어가서… 음, 가만 보자… 이걸 싱글 앨범으로 낼까?"

석준은 곰곰이 생각하다가 입을 떼었다.

"겨울쯤에 내면 딱일 것 같은데. 네 일주년에 맞춰도 되고.

뮤직비디오도… 음……."

석준은 행복한 고민을 하고 있었다. 일단 즉석에서 만든 곡이라 손볼 곳이 많기는 하지만, 건우의 목소리를 들으니 진행 방향이 파바박 떠올랐다.

일단 건우가 불렀다 하면 어느 정도 성공은 보장되어 있었다. 일이 꼬여 큰 인기를 끌지 못하더라도 건우의 음악 활동에 목말라 있는 팬들을 만족시킬 정도는 될 것이다.

홈런은 정규 앨범에 날리면 되었다.

'건우가 만능 엔터테이너로서 성장하는 첫걸음이 될 거야.'

석준은 고개를 끄덕였다.

전체적인 큰 그림으로 보자면 처음이 중요했다. 건우가 단지 예능 출연으로서 노래를 부르는 것이 아닌, 배우와 가수를 같이 병행하겠다고 선언하는 곡이었으니 말이다.

이미 배우로서 A급 스타 대열에 합류한 건우가 가수로서도 그 정도 궤도에 오른다면 그야말로 대한민국에서는 당해낼 인물이 없을 것이다. 충분히 황금태양의 파급력을 크게 뛰어넘을 수 있었다.

'우리 애들을 갈아야겠네.'

석준과 함께 수많은 히트곡을 만들어낸 YS 메인 작곡가 겸 프로듀서 린다와 가요계에서 두각을 나타낸 작곡가들, 그리고 최근에 물이 오른 퍼스타 한별이 있었다.

빠르면 6개월 안에 좋은 곡들을 뽑아낼 수 있을 것이다. 애초부터 건우를 생각해서 만들어놓은 곡들도 있으니 무리는 절대 아니었다.

"요즘 린다에게 미디 배우고 있지? 너 진짜 천재라고 말하고 다니던데."

"그냥 노력하는 거죠."

"겸손한 척하지 마라."

"하하, 제가 좀 똑똑한가 봐요."

잘난 척하는 건우도 전혀 밉지 않았다. 석준에게 건우는 보통 보물이 아니었다. 그의 의동생이자 무한한 가능성을 지닌 보물이었다.

"아! 작사한 거 말고 제가 한번 만들어 본 게 있는데요."

"응? 작곡? 작곡도 했다고?"

"네, 뭐 그냥 기타로 코드 진행하면서 부른 건데… 마음 내키는 대로 한 거라 수준 미달이기는 해요."

"크흐, 좋아. 다 들어보자. 음악은 마음 가는 대로 하는 거야. 나도 처음에는 그렇게 시작했어."

건우에게 직접 스마트폰을 받아 녹음한 것을 들어보았다. 몇 곡은 석준이 생각하기에도 어설픈 점이 많았다. 하지만 보완한다면 충분히 좋은 곡으로 탈바꿈할 수 있을 것 같았다. 워낙 좋게 느껴지는 건 건우의 노래가 모든 것을 커버하고 있기 때문이다.

'음, 몇 개는 보완해서 정규 앨범으로 내도 되겠는데?'

어설프기는 했지만 중요한 키포인트는 놓치지 않았다. 마치 스펀지로 물을 빨아들이는 것처럼 모든 것을 흡수해 가는 건우의 재능이 두렵기도 했다. 머리가 좋은 이들은 많기는 하지만, 건우처럼 엄청난 끈기를 가지고 있는 이는 별로 없었다. 여가 시간이 거의 없을 정도로 공부에 열중하는 것이 너무나도 기특했다.

자신의 딸이 이런 모습으로 자라기를 바라는 건 너무 큰 욕심일까?

'진짜 천재이기는 하구나. 응?'

리스트의 제일 마지막에 있는 노래를 눌러보는 순간이었다. 도입부 없이 나오는 건우의 첫 목소리가 석준의 눈동자를 크게 만들었다.

달콤하고 행복한 노래였다. 일상 속의 행복을 말하는 가사는 대단히 공감되었다. 음질이 조악했고, 건우의 기타는 석준이 듣기에는 단조로웠지만 그것에 신경을 쓸 수 없었다. 사람의 마음을 행복하게 만드는 무언가가 존재했다. 그것은 재능이 있고 없고의 차이가 아니었다. 재능을 뛰어넘는 특별함이었다.

노래는 짧았다. 완전히 만들어진 것이 아니라 1분가량 되는 짧은 부분이었다. 그러나 그 1분 동안 석준은 극심했던 스트레스가 풀리는 기분이 들었다. 조금 과장하자면 숲속에서 짧게 낮잠이라도 잔 것 같은 착각이 들었다.

'좋네.'

석준은 그 생각밖에 들지 않았다. 어떤 음악적으로 칭찬할 부분이나, 성공할 것 같은 그런 예감보다는 그냥 좋다는 그런 생각이 머릿속을 지배했다.

미숙한 부분이 분명 있었다. 그러나 좋다는 감정에 영향을 주지는 않았다.

석준은 한동안 말이 없었다. 두세 번을 더 돌려 듣던 석준이 긴 한숨을 내쉬며 감상을 마쳤다.

건우는 살짝 긴장한 표정으로 석준을 바라보았다. 석준은 고개를 끄덕이며 입을 떼었다.

"이거… 좋다."

"그래요?"

"이거다! 이거야!"

"네?"

"좋아! 아주 좋다고!"

석준은 벌떡 일어났다. 그리고는 건우의 양어깨를 잡고 고개를 마구 끄덕였다. 석준은 강한 확신에 차 있었다. 건우는 석준이 저 상태가 되면 누구의 말도 듣지 않는다는 것을 잘 알고 있었다.

건우가 황당한 눈으로 석준을 바라보았다. 석준은 갑자기 핸드폰을 꺼내더니 어디론가 전화했다.

"야, 너 작업 중이냐? 올라와라. 오늘 일정 다 취소야. 그게 중요한 게 아니라고."

일정이 있기는 했지만 중요한 일정은 아닌 모양이었다. 가벼운 마음으로 온 건우는 한참이나 석준에게 묶여 있어야 했다.

*   *   *

시간이 빠르게 지나갔다.

어느덧 날이 추워지기 시작했다.

건우는 예능에는 나가지 않고 여전히 CF 촬영 위주로 활동했다. 예능 쪽에서 많은 콜이 있었지만 모두 정중히 거절했다. 예능에 나가서 이미지 소비를 하는 것보다는 CF 몇 편을 찍는 것이 훨씬 큰 이득이었다. 최근 다시 중국에서 CF를 찍어 그야말로 돈을 쓸어 담고 있는 건우였다.

중국의 샤오장 전자의 에어컨 광고를 찍었는데, 이건우 효과라 불릴 만큼 판매량이 증가해서 광고주가 함박웃음을 지었다고 한다. 중국 정부에서 가급적 자국 스타를 이용하라는 은근한 지시가 내려온 이후에 제의가 점차 끊겼지만 건우는 그다지 큰 아쉬움을 느끼지 않았다. 중국 사정을 이해하고 싶지도 않았고 이쪽에서 아쉬운 소리를 하고 싶지도 않았다.

건우는 남는 시간 동안 작곡 공부와 조금은 소홀히 했던 음공 연습에 박차를 가했다. 음공에 대해 연구할수록 건우의 기존 무공과 좋은 반응을 일으켜 동반 상승되고 있었다. 아무래도 말, 또는 노래로 표현하는 것이 감정과 밀접한 관계가 있어서 그렇지 않은가 싶었다.

YS에서 최우선 프로젝트가 있었다. 당연히 정식으로 발표된 것이 아닌 사내 기밀이었는데, 바로 건우의 싱글 앨범, 그리고 시간을 두고 이어지는 정규 앨범이었다.

정규 앨범이 나오기 전, 발매되는 싱글 앨범은 이제는 그렇게 보기 드문 것이 아니었다. 보통 제작비가 없는 신인 뮤지션의 경우에 싱글 앨범을 발매하고 어느 정도 성공하면 정규 앨범을 발매하곤 했다.

그러나 건우의 경우에는 홍보, 그리고 이벤트적인 측면이 강했다. 바로 건우의 데뷔 1주년에 맞춰서 싱글 앨범을 발매할 생각이었다. 황금태양 이후로 건우가 처음으로 발표하는 곡이었고, 다른 사람이 아닌 자신의 곡이었다. 그걸 1주년에 맞춰서 팬들에게 소개하는 것이었기에 의미가 있었다.

건우는 뮤직비디오를 찍기 위해 스튜디오로 이동하는 중이었다. 싱글 앨범 곡은 건우가 작사 작곡했고 편곡에 도움을 준 것은 석준과 린다였다. 첫 곡이니만큼 건우는 자신의 힘으로 해내고 싶었다. 결국 린다와 석준이 곁에서 조언을 해주고, 편곡을 해주는 선에서 곡의 작업이 마무리되었다.

만족을 모르는 건우가 거의 한 달 넘게 매달렸고, 그 과정에서 건우는 여러 가지를 배울 수 있었다. 린다가 혀를 내두를 정도로 건우의 습득 능력은 가히 발군이었다.

'녹음할 때는 좋았지.'

당연한 것이지만 한 번에 끝나지 않았다. 석준이 직접 프로듀싱을 해주었는데, 건우도 그렇고 석준도 만족을 몰랐다. 건우는 그 과정에서 몰입을 절제하는 법과 곡에 온전히 자신이 전하고자 하는 바를 녹이는 방법을 배웠다. 단순한 감정이 아니라, 그 안에 건우의 의지가 존재했다.

건우는 이 노래를 듣는 모든 이들이 잠시나마 겪고 있는 고통이나 스트레스에서 해방되기를 바랐다. 일상 속에 스며든 잔잔한 행복을 느끼며 마음이 치유가 되기를 바랐다. 자신이 피비린내 나는 무림에서 떨어져 나와 치유되고 행복을 느낄 때처럼 말이다.

제목은 '아름다운 모든 것들'이었다. 가사도 크게 튀지 않는, 일상적인 행복을 이야기했다. 건우가 처음 쓴 가사였기에 투박했지만, 그래도 진정성이 느껴졌다. 투박한 가사가 오히려 건우의 목소리와 어울려 따스한 분위기를 연출해 냈다. 건우는 음악의 장르라는 것을 크게 생각하지 않았지만 발라드로 분류될 것이다.

건우는 이어폰을 끼고 자신의 노래를 들었다. 명확하게 말하자면 자신과 기억 속 그녀의 노래일 것이다. 얼굴 그리고 이름 하나 기억하지 못하는 현실이 안타깝지만, 그래도 지금까지 해왔던 것처럼 살아가다 보면 모두 기억날 것 같았다.

승엽이 룸미러로 건우를 바라보았다.

"다 왔다. 너 그거 또 듣고 있냐?"

"내 노래잖냐."

"진짜 좋긴 좋더라. 정규 앨범도 기대가 되는데?"

"정규 앨범 나오면 10개 정도 챙겨줄게."

"오, 팬 서비스 좋네."

승엽이 활짝 웃었다.

도착한 곳은 홍대에 있는 바나나 스튜디오였다. 꽤 큰 규모라서 많은 아이돌들이 이곳에서 작업을 했다고 한다. 요즘은 야외 촬영이 많았지만 건우의 뮤직비디오는 컨셉상 스튜디오가 최적이었다.

YS와 깊은 인연을 맺고 있는 뮤직비디오 외주 업체에 건우의 뮤직비디오를 맡겼다. 3년 전부터 YS와 작업을 계속 해온 업체라고 한다. 석준과 건우가 의견을 나눠서 기획한 것을 넘겨주었고 꽤 많은 회의를 통해 촬영 계획이 잡혀 있는 상태였다.

스튜디오로 들어가니 미리 준비가 되어 있었다. 건우는 약속 시간보다 항상 일찍 가는 편이었다.

"감독님, 안녕하십니까?"

"어이쿠, 일찍 오셨네요. 자자! 주목, 우리 이건우 씨가 오셨습니다. 박수!"

"감사합니다."

스태프들과 팀워크가 끈끈한지 감독이 그렇게 말하자 모두 하던 일을 멈추고 손뼉을 쳤다. 건우는 기묘한 환대에 살짝 웃으며 고개를 숙여 인사했다.

건우는 일단 의상을 입고 머리 손질부터 시작하여 분장을 받았다. 건우가 분장받는 것부터 찍고 있는 카메라가 있었다. 싱글 앨범에 보너스로 삽입될 영상이었다.

"이런 것까지 찍는 거예요? 좀 부끄러운데."

건우는 거울을 보고 있다가 카메라가 오자 살짝 웃으며 입을 떼었다. 촬영 내내 건우를 따라다니면서 팬 서비스 영상을 남길 것이다.

준비를 끝마친 건우는 세트장으로 들어섰다. 세트장은 요즘 추세와는 다르게 간소하게 만들어져 있었다.

하얀 방에, 하얀 침대, 그리고 그와는 조금 대조되는 낡은 책상이 놓여 있었다. 만들어놓은 창틀도 조금은 낡은 느낌이 났다. 근데, 그게 묘하게 따스하게 다가왔다. 책상 위에 놓여 있는 화분, 그리고 따끈한 커피는 보는 것만으로도 어떤 향을 가지고 있는지 짐작이 되었다.

건우는 의도적으로 연출한 약간은 부스스한 머리에 깔끔한 셔츠를 입고 있었다. 단추를 몇 개 풀고 소매를 걷어 자연스러움을 연출했다.

세트에 관해서는 건우의 아이디어가 들어간 부분이 많았다. 건우가 그 기억 속에서 본 광경을 현대적으로 재구성한 것이었다. 출연진은 오로지 건우뿐이었다. 본래는 여성 배우를 섭외하자는 말이 나왔지만 최종적으로는 건우에게 집중하자고 의견이 모아졌다.

결론적으로 나온 것은 건우가 편하게 노래를 부르는 것을 롱테이크 방식으로 찍는 것이었다. 인트로, 엔딩 부분을 제외하면 곡이 끝날 때까지 한 번에 찍어서 다른 뮤직비디오보다 훨씬 간단했다.

여기서 부른 노래가 녹음되는 것은 아니었다. 다만, 필요한 현장음은 따로 녹음되어 덧입혀질 예정이었는데, 마치 건우가 실제로 뮤직비디오에서 부른 것처럼 느끼게 하는 효과였다.

건우는 시작 전에 거울을 바라보았다. 그가 보기에는 침대에서 막 일어난 것 같은 자연스러움은 없었다. 분장 때문인지 붉은 입술이 유난히 두드러졌다. 눈을 보는 것처럼 하얀 치아 때문에 더 부각되는 면도 있었다.

'좀 섹시한가?'

자신이 스스로 그런 생각을 하니 절로 웃음이 나왔다. 만약 승엽이 건우가 이런 생각을 하는 것을 알았다면 면상이 확구겨졌을 것이다.

현장 분위기는 드라마 촬영 때와는 달랐다. 드라마 촬영 때는 PD의 의사가 제일 강력했지만 이번 뮤직비디오 촬영은 건우의 의견을 가장 많이 반영해 주었다. 그리고 뮤직비디오 감독은 석준의 기획을 최대한 구현하기 위해 노력하고 있었다.

"자, 촬영 시작하겠습니다."

촬영이 시작되었다.

피곤한지 고개를 숙이고 침대에 앉아 있던 건우가 긴 숨을 내쉬며 고개를 돌렸다. 책상 위에 덩그러니 놓여 있는 앨범이 보이자 앨범을 집고는 천천히 앨범을 펼쳤다. 앨범을 보며 피식 웃었다. 정체되었던 분위기가 확 풀리는 느낌이었다.

앨범을 접은 건우는 나무 의자에 앉았다. 몇 번 나눠서 찍었지만 이런 연기는 드라마에 비할 바가 아니었다. 가벼운 연기였지만 건우는 최선을 다했다. 건우의 몸짓과 표정에 따라 주변 분위기가 변하는 것은 이제는 당연한 것이 되어버렸다.

"너무 좋은데요? 역시 대세 배우시네요. 캬아! 좋습니다."

감독은 조금 과하다 싶을 정도로 건우를 극찬했다. 가식적인 부분이 보이기는 했으나 기분이 나쁠 리가 없었다.

여기까지가 인트로였다. 본격적으로 노래를 부르는 부분은 롱테이크로 한 번에 가야했다. 건우는 감독과 찍은 장면을 모니터링했다. 조금 아쉬운 곳이 있어 다시 촬영한 부분이 있었다.

현장 분위기는 훈훈했다. 큰 규모의 촬영이 아니다 보니 더욱 그런 감이 있었다.

잠시 휴식을 가진 후 다시 촬영이 시작되었다.

낡은 의자에 앉아 미소 짓고 있던 건우가 흘러나오는 반주를 즐기다가 노래를 부르기 시작했다.

건우는 행복한 미소를 지으며 그 시간을 다시 떠올렸다. 자신이 느낀 그 감정, 그리고 치유되는 감각을 듣는 모든 이들이 누렸으면 하는 바람이었다.

건우의 목소리는 아름다웠지만 담백했다. 화려한 기교가 들어간 것도 아니었고, 누군가에게 말하듯이 그렇게 천천히 가사를 풀어나갔다.

건우를 중심으로 포근하고 따스한 기운이 뿜어져 나갔다. 감정의 공명을 위해 적극적인 기세를 취하던 기존의 내력 운용과는 달랐다. 건우가 느꼈던 것들을 공감하기를 원했고 그걸로 따스한 추억을 떠올리기를 바랐다.

'행복하네.'

부르는 자신도 행복했다. 건우는 슬픈 노래를 부를 때는 격

럴하게 슬펐고, 신날 때는 신났다. 그러나 그것에 휩쓸리지 않고 중심을 지켰는데 이 노래만큼은 달랐다. 추억에 푹 빠져, 그 광경을 떠올리며 행복하게 불렀다.

부르는 이도, 듣는 이도 행복한 노래였다.

톤의 변화가 거의 없어 그다지 높지 않게 느껴지지 않았지만 일반 남성이 부르기 힘들 정도의 음역대였다. 그럼에도 듣기에 전혀 부담이 없었다.

누가 이 노래를 부를 수 있을까?

따라할 수 있을까?

누구도 흉내 낼 수 없는 목소리, 독보적인 톤이었다. 가수는 타고난다는 것이 지배적인 의견이었다. 발성과 기술적인 면은 노력으로 커버가 가능했지만 목소리 톤만큼은 따라갈 수 없었다. 일부 가수는 자신의 목소리를 바꾸기 위해 십 년이 넘는 시간 동안 노력할 정도였다.

건우의 무공과 음공이 섞인 목소리는 세계의 누구도 따라할 수 없을 것이다.

건우는 미소를 잃지 않으며 노래를 이어나갔다. 바람이 불어와 그의 머리카락과 소매를 흔들었다. 자연적인 바람이 아니라 선풍기를 튼 것이지만 말이다.

"하루가 또 시작되니까……."

마지막 가사를 나지막하게 내뱉었다. 노래가 끝날 때까지 노래에 취해 그렇게 있었다.

모두 웃고 있었다. 잔잔한 미소를 짓고 있었다. 마스크 싱어 때처럼 열정적인 감정이 보이는 것은 아니었다. 그러나 저마다 행복했던 추억을 떠올리며 미소를 짓고 있었다.

이번 한 번에 끝내지 않고 몇 번 더 찍었다. 의미가 있는 날에 의미가 있는 곡이니만큼 최대한 신경 쓰고 싶었다.

마지막 엔딩은 건우가 핸드폰을 받고 밖으로 나가는 장면이었다. 엔딩 장면을 위해 간단한 세트장이 하나 더 만들어져 있었다.

건우는 핸드폰을 받으며 입을 떼었다.

"응? 도착했어?"

오래된 친구나 연인에게 이야기하는 듯 다정했다.

건우가 천천히 걸어가 문 앞에 섰다. 파스텔 톤의 문이 곡의 분위기와 잘 어울렸다. 문을 열고 건너편에 있는 카메라를 바라보았다. 건우의 환한 미소와 함께 엔딩 장면이 마무리되었다. 뮤직비디오를 보는 이로 하여금 자신을 초대하는 듯한 연출을 남기며 마무리되는 엔딩이었다.

건우의 가수로서의 출발은 지금부터 시작되는 것이니, 초대한다는 의미를 담은 엔딩이었다. 거기에 작업 중인 정규 앨범을 기다려 달라는 의미도 포함되어 있었다. 거기까지 해석하는 이들이 있을지는 모르겠지만 말이다.

건우는 감독과 함께 촬영한 영상을 보며 웃음을 터뜨렸다.

"너무 오버했나요? 느끼하지 않아요?"

"아뇨. 오히려 조금 더 가도 괜찮을 것 같은데요?"

"그건 너무 연인에게 하는 것 같아서요."

"그런 구도도 괜찮을 텐데, 아! 그럼 의미가 퇴색되겠죠. 마지막 장면만 한 번 더 갈까요?"

건우는 좋은 분위기 속에서 다시 촬영에 임했다. 궁극적으로 따지면 돈을 벌기 위한 수단이기는 했지만, 팬들과 노래를 듣는 사람들을 위한 일이라 생각하니 의욕이 샘솟았다.

기억 속에 있는 그녀의 흥얼거림이 건우의 노래 속에 녹아 사람들의 마음을 채워줬으면 하는 바람이 있었다.

"그게 무슨 괴상한 노래요?"

"같이 부를래요?"

"하, 나는 됐소."

"자, 따라해 봐요."

전생의 대화를 떠올리며 건우는 부드럽게 미소 지었다.

6. 노래의 온정

건우의 디지털 싱글 앨범 티저 영상이 공개된 후 한동안 시끄러웠다. 기사도 쏟아져 나왔는데 대부분 호의적인 기사였다.

〈한류스타가 돌아왔다! 가요계의 예정된 지각변동!〉
〈이건우, 1위 예약?〉
〈가왕의 컴백! 적수가 있을까?〉
〈티저만으로 가요계 점령?〉

이런 느낌의 자극적인 기사도 나왔지만 아무도 토를 달지는 않았다. 건우의 팬들과 더불어 평소 건우에게 별 관심이 없던 사람들마저 건우의 싱글 앨범이 공개되기를 기다리고 있었다.

건우는 대한민국을 떠들썩하게 만들었던 가왕이었다. 마스크 싱어의 시청률은 건우가 명예 졸업한 뒤로 곤두박질쳤고, 명예 졸업자는 나오고 있지 않았다. 참가자들에게 잔혹하기는 하지만 황금태양의 무대를 보다가 다른 무대를 보니 조금 아쉽다는 평가들이 대부분이었다.

건우의 노래와는 달리 다른 가수들에게서는 감정의 공명을 느낄 수 없으니 밋밋하게 느껴지는 것이다. 어느 기사에서는 원인을 알 수 없는 탈력감이라고 표현하기까지 했다.

첫 디지털 싱글이 공개되기까지도 건우는 날짜도 잊은 채 오로지 곡 작업에만 매달리고 있었다. 들어온 CF 제의는 이후로 미루거나 거절했다. 배부른 소리 같았지만 다른 쪽에는 신경을 쓰고 싶지 않았다.

석준도 그런 건우를 존중해 주었다. 건우가 CF를 찍어서 돈을 번다면 YS에서도 큰 이익이지만, 건우의 의욕이 없다면 굳이 시키고 싶지 않았다. 가수에게는 그러한 환경이 아주 중요하다는 것을 잘 알고 있었기 때문이다. 게다가 건우를 통한 예상 수입은 석준의 기대치를 훨씬 웃도는 금액이었다.

오랜만에 집에 오니 쌓인 먼지가 건우를 반겼다. 결국 대청소로 시간을 보내고 말았다.

본래는 건우의 이사가 계획되어 있었지만 거의 사옥에서 살다시피 머물고 있어서 뒤로 미뤄졌다. 뒤늦게 찾아온 배움의 재미는 지칠 줄 몰라 거의 주체할 수 없는 지경이었다.

'예전에 이랬다면 서울대라도 갔겠지.'

이해력은 그렇다 하더라도 말도 안 되는 기억력은 배움에 있어서 엄청난 도움이 되었다. 게다가 체력과 집중력도 엄청나 쉽게 지치지도 않았다. 지칠 때는 잠시 운기조식을 취하고 나면 모두 회복되었다. 악기를 배우는 데 있어서도 반사 신경은 대단히 도움이 되었다. 기타를 제외한 악기를 굳이 배울 필요는 없었지만, 미튜브 영상을 보면서 성실하게 독학해 나가고 있었다.

'수능을 봐볼까?'

조만간 다가오는 수능을 떠올려 보았다. 그러다가 피식 웃고 고개를 저었다. 지금부터 공부하면 어느 정도 점수는 딸 수 있겠지만 큰 의미가 없을 것이다. 게다가 자신이 수능을 보면 수능생들에게는 민폐일 뿐이었다. 기자들이 몰려와 수능생들에게 폐를 끼칠 것을 생각하면 저절로 그 생각을 접게 되었다. 초중고로 이어지는 긴 시간의 노력을 한순간에 날려 버리게 하고 싶지는 않았다.

'이제 1주년이네. 디지털 싱글 발매는 오늘이었지?'

곧 있으면 데뷔 1주년이었다. YS에서는 파티 같은 것을 하자고 제안했지만 건우는 그냥 지인들과 축하하는 자리 정도만 가질 생각이었다. 화려한 파티와는 거리가 먼 성격이기도 하고, 누구나 다 맞이하는 그런 일로 요란을 떨 필요는 없었다. 싱글 앨범을 그쯤에 내는 것으로 의미를 찾으면 되었다.

단역으로 나온 날을 데뷔일로 잡아야 할지, 아니면 정식 계약을 한 날을 데뷔일로 해야 할지 애매했다. 때문에 데뷔한 달에 맞춰 발매하게 되었는데, 바로 오늘이었다.

뮤직비디오도 다이버 in TV, 그리고 미튜브 공식 YS 채널에 올라가게 된다. 인터넷 선공개였고, 얼마 뒤 뮤직넷 같은 음악 채널에도 나올 것이다.

'결과가 안 좋더라도 후회는 없어.'

첫술에 배부를 수 없다는 건 잘 알고 있었다.

곡의 취지를 생각해 론칭 파티나 쇼케이스로 홍보하지 않은 것이 마음에 걸리기는 했다. 석준은 하자고 했지만 건우는 일상 속의 행복처럼 이 곡이 그저 스며들어 가기를 바랐다. 자신이 생각해도 신인 배우, 아니 신인 가수 주제에 정말 똥고집이긴 했다.

석준이 이해해 준 것이 다행이었다.

'음……'

솔직한 심정으로는 드라마를 할 때보다 훨씬 긴장되었다. 건우가 처음으로 만든 곡이니 말이다. 작사 작곡도 모두 오롯이 이건우로만 되어 있었다. 그녀의 멜로디도 섞여 있어 더더욱 의미가 있었다.

건우는 컴퓨터를 켜고 바탕 화면을 바라보았다. 스마트폰은 키보드 옆에 고이 놓여 있었다.

반응을 확인하는 것, 드라마를 찍으면서 수도 없이 해온 일이었다. 그러나 대단히 떨렸다. 마스크 싱어의 첫 무대도 이보다 떨리지는 않았다.

'나답지 않네.'

건우는 고개를 설레 젓고는 심호흡을 했다. 자신이 처음으로 내놓는 이 노래는 특별했다. 반드시 반응이 좋았으면 했다. 그래서 이렇게 긴장을 하고 있는 것이었다.

아마 결과는 대충 나왔으리라. 건우는 일단 스마트폰을 먼저 확인해 보았다.

톡이 엄청 와 있었다.

리온: 감사합니다. 오늘 듣고 행복해서 계속 펑펑 울었습니다. ㅠㅠ 아, 진짜 대박입니다.

진희 누나: 분명히 대박 날 거야! 너무 좋아. 맨날 들을게!

석준: 이 정도는 예상된 결과였다. 앞으로 더 달려보자. 내년에 아주 작살을 내주자고!

여러 축하 메시지들이 쌓여 있었다.

건우는 겨우 안심하고는 반응을 살펴볼 수 있었다. 아직 공개된 지 하루도 되지 않았는데, 반응은 대단히 좋았다.

그 짜릿함은 이루 말할 수 없었다. 음원 차트의 성적이 아주 기대되었다.

이 행복을 어떻게 말로 표현할 수 있을까?

'첫술에 배부를 수도 있구나.'

배가 아주 크게 부를 것 같았다. 건우는 자꾸 나오는 웃음을 감출 수 없었다. 피식피식 웃다가 결국에는 소리 내어 웃었다. 이렇게 즐거운 기분은 오랜만이었다.

건우는 오랜만에 공식 팬카페에 접속했다. 팬카페의 대문에 건우의 이번 디지털 싱글 자켓 사진이 올라와 있었다. 흰색 배경에 건우가 기타를 들고 앉아 있는 모습이었다. 약간 몽환적으로 보이게 연출한 사진이었다.

건우는 감사함을 담아 글을 남겼다. 이렇게 글을 남기는 건 '별을 그리워하는 용' 이후로 처음이었다.

제목: 안녕하세요?

작성자: 이건우

안녕하세요?

이제 배우 겸 가수가 된 이건우입니다.

이렇게 조금 늦게 인사를 드리게 되어 죄송합니다.

이번에는 연기가 아닌 노래로 찾아뵙게 되었네요.

다행히 많이 좋아해 주셔서 마음이 놓입니다.

…

(중략)

…

부디 아름다운 모든 것들이 팬 여러분에게 좋은 느낌으로 다가가길 바랍니다.

언제나 응원해 주셔서 감사합니다.

긴 문장을 줄줄 쓰는 것은 건우의 성격에 맞지 않았지만 꽤 긴 장문으로 글을 작성했다.

애플톡도 거의 단답형으로 보내는 건우였다. 석준이 저번에 자신의 SNS에 건우와 나눈 톡을 올렸다가 동정을 받은 적이 있었다. 석준은 엄청난 장문을 남기는데 건우는 한두 단어가 다였기 때문이다. YS 대표의 굴욕이라는 짤까지 만들어졌지만 건우의 성격이 원래 그렇다는 것이 알려지면서 요즘은 찾아볼 수 없었다.

잠시 뒤 엄청나게 많은 글들이 달렸다. 바로 달릴 것임을 짐작하고 있었지만 그 속도가 장난이 아니었다.

갓건우찬양: 와ㅠㅜ 사랑합니다.

땅콩버터: 헐, 실화임?

태양: 노래 너무 좋아요. 진짜 좋아요. 좋아서 기절할 뻔.

—RE: 음악모듬: 난 이미 했음요ㅋㅋ.

맘뚱: 2312312번째 듣고 있어요. 들으면 들을수록 행복해져요.

나이진: 1위 예감! 넘나 행복한 것!

댓글에서부터 팬들의 사랑이 느껴졌다. 그리고 자신의 의도가 전해진 것 같아 기뻤다. 건우는 오랜만에 아주 기쁜 마음으로 푹 잘 수 있을 것 같았다.

＊　　　　　＊　　　　　＊

건우의 노래는 조용히 강했다. 마스크 싱어 때처럼 폭발적인 반응이나 댓글은 아니었다. 마스크 싱어 때는 건우가 부른 곡이 공개가 되면 입을 모아 찬양하거나 관련 게시판에 엄청나게 많은 댓글이 달렸다. 그러나 이번에는 전에 비해 다소 잠

잠했다. 노골적인 찬양보다는 침착한 분위기에서 좋다는 반응이 대부분이었다. 그러나 음원 차트의 경쟁자는 없었다.

다른 소속사의 쟁쟁한 아이돌 그룹들이 치열한 1위 싸움을 벌이고 있는 가운데, 조용히 등장하더니 단번에 각종 음원 사이트 1위에 등극했다. 막대한 돈을 들여 쇼케이스를 하고 각종 예능에 출연하면서 홍보를 한 아이돌들이 허탈해할 만했다. 그러나 곡을 직접 들어보면 이야기가 달라졌다.

지친 삶의 위로가 되어주는 곡이었다. 자극적인 곡이 대세였고, 아이돌 음악이 중심이었던 기존 음악 시장에서 조용하지만 거대하고 영향력 있게 몰아치고 있었다.

건우의 팬은 1년 사이 인기 아이돌 그룹을 가볍게 능가하는 규모로 성장했다. 아이돌 팬들의 연령층이 10대와 20대로 편중되어 있다면 건우의 팬들은 10대부터 시작하여 40, 50대에 이르기까지 다양했다.

건우가 출연한 달빛 호수, '별을 그리워하는 용'을 통해 팬이 된 사람들, 드라마에는 관심이 없으나 황금태양의 팬이어서 자동적으로 건우의 팬이 된 사람들, 건우의 비주얼에 반한 사람들에 이르기까지 그 폭이 대단히 다양했다.

'선물을 좀 받으셨으면 좋겠는데……'

김나라는 건우의 팬클럽 중 부회장을 맡고 있는 열성 팬이었다. 그녀는 직접 발로 뛰는 부회장으로 유명했다.

자신에게 선물을 보내지 말라는 건우의 방침이 너무 아쉬웠다. 흔히 말하는 '조공'은 팬 문화의 일부였다. 유명한 아이돌 같은 경우에는 비싼 가전제품은 물론, 차까지 선물받기도했다. 그러나 건우는 차라리 그 돈으로 기부를 하거나 팬 본인의 개발을 위해 쓰기를 바랐다.

'데뷔 1주년인데……'

김나라는 해외에 있는 건우 팬클럽의 규모가 상당하다는것을 알고 있었다. 일본에서는 건우의 데뷔 1주년을 맞이해도쿄의 중심에 있는 입간판에 데뷔 1주년을 축하한다는 메시지를 걸어놓았다.

중국 팬들은 아예 북경의 버스 정류장 한 라인을 1주년 축하 광고로 채우기까지 했다. 엄청난 자금력과 행동력이었다.

그에 비해 국내는 오히려 제약이 많았다.

김나라를 포함한 국내 건우의 팬들도 그러고 싶지만, 건우가 그런 것을 싫어하니 그저 지하철 광고 정도에 넣는 것으로마무리했다.

'이 정도로 만족해야지.'

중국의 팬들처럼 버스 정류장 전체에 도배해 버리고 싶었지만, 오히려 일반 시민들이 안 좋게 생각할 여지가 있었고 건우도 그걸 바라지 않을 것이다.

여전히 건슬람이니 건빠이니 하면서 욕을 하는 사람들도

있었다. 그러나 어그로성 글이 대부분이었고 예전에 비해서 악성 안티들은 확실히 줄어들었다.

오히려 드라마 불감증이 걸린 이들이 많아졌는데, 건우의 그 말도 안 되는 연기를 보다가 다른 드라마를 보려니 도저히 밋밋해서 볼 수 없다는 말이 나왔다. 김나라도 '별을 그리워 하는 용'을 벌써 40회 이상 정주행했을 정도였다. 중국에서의 흥행에 힘입어 특이하게도 일본에서 홍보 이벤트성으로 극장 개봉을 하게 되었는데 김나라도 비싼 돈을 들여 순례를 하고 왔다. 극장에서 보는 건우의 모습은 짜릿함 그 자체였다.

국내 팬들은 특별한 것을 보여주고 싶었다. 김나라가 이곳 에 온 이유는 바로 건우 데뷔 1주년을 맞이해 건우의 이름으 로 봉사 활동을 하자는 이야기가 나와서였다.

새로운 조공의 형태였다.

전혀 강제하지 않았음에도 자원봉사 신청자 수만 천 명을 넘어섰다.

고무적인 것은 10대 청소년들이 많다는 점이었다. 건우가 달빛 호수에 처음 출연한 날, 그러니까 데뷔 1주년에 각기 다 른 곳으로 흩어져서 자원봉사를 하기로 했는데, 김나라는 연 탄을 나르기 위해 만반의 준비를 끝마치고 있었다. 김나라는 어쩌면 이것이 진짜 올바른 팬 문화가 아닌가 하고 생각했다.

김나라는 지하철역에서 빠져나와 약속 장소로 가기 위해

택시를 탔다. 그녀는 택시 기사에게 목적지를 말하고 바로 이어폰을 꼈다. 가는 길에 하루에 수십 번씩 돌려보는 건우의 뮤직비디오 영상을 보기 위해서였다.

'조회 수가 늘어났네.'

미튜브 조회 수가 어느새 오백만을 넘어서고 있었다.

아직까지 그리 많다고 할 수 있는 조회 수는 아니었지만, 김나라에게는 오래지 않아 조회 수가 엄청나게 불어날 것이라는 확신이 있었다.

신기한 것은 영어 댓글의 비율이 점차 늘어나고 있다는 점이었다. YS 채널에서는 친절하게 영어 자막까지 붙여서 만들어주었다.

이건우 (아름다운 모든 것들)
YS엔터테인먼트
구독 550만 조회 수: 5,212,232회
좋아요: 65,552 싫어요: 1,254
[댓글 10,322]

몇 번이고 돌려본 뮤직비디오지만 그녀는 볼 때마다 푹 빠져 버렸다. 마음을 진정시키는 것 같은 잔잔한 음악이 흐르고 흔들리는 커튼이 비추었다. 햇살을 따라 화면이 이동하더니 의자에 앉아 있는 건우가 보였다. 부스스한 머리, 흰 셔츠, 그리고 맨발로 앉아 있는 그에게서 한순간도 눈을 뗄 수 없었다.

곧 잔잔한 노래가 시작되었다.

'좋다… 치유된다.'

영상 속의 건우는 미소 지으며 마치 자신에게 말하듯이 노래를 이어갔다. 그게 너무 좋았다. 곁에서 자신을 위로하는 것 같은 목소리였다. 그녀의 남자 친구가 생각나기도 했고, 언제나 든든한 버팀목이 되어주었던 아버지가 떠오르기도 했다. 영상을 보고 있는 그녀의 얼굴에 저절로 미소가 지어지고 있었다.

건우의 목소리는 스트레스 속에 울적했던 자신의 마음을 위로해 주었다. 건우의 노래를 듣고 있으면 잠을 푹 잘 수 있었다. 이제는 수면제 없이 잠을 청할 수 있을 정도로 회복되었다. 노래에 그런 힘이 있을 거라고 생각하지는 않았었는데, 긍정적으로 살아가는 데 도움이 되고 있었다.

그녀는 댓글을 바라보았다.

rain_ace: 듣고 있으면 좋은데 눈물이 나요.

lania223: 하루에 몇 번 들어오는지 모르겠다.

트루키: 힘들고 우울하고… 그래서 나쁜 생각까지 했어요.

근데… 아무도 없는 것 같았는데… 힘이 되네요. 좀 더 열심히 살아보고 싶어요.

　—RE: 초록마을: 힘내세요. 응원합니다.

　—RE: 이민영: 좋은 일이 생기실 겁니다.

댓글 역시 훈훈했다. 영어 댓글은 이 놀라운 남자가 누구인지, 심지어 컴퓨터 그래픽인지 묻는 글이 대부분이었다. 고등학교 영어 교사인 그녀는 아주 친절하게 댓글을 달아주었다.

약속 장소로 가니 '이건우 자원봉사단'이라고 써져 있는 조끼를 입은 팬클럽 회원들이 모여 있었다.

"오셨어요?"

"부회장님이시죠?"

"네, 오늘 하루 힘내보죠!"

김나라는 앞장서서 회원들을 챙기기 시작했다. 도착하는 건우의 팬들에게 조끼와 장갑을 나눠줬다.

곧 연탄을 가득 실은 트럭이 도착했다. 중년의 남자가 트럭에서 내렸는데, 최근에 팬클럽에 가입해서 도움을 주겠다는 팬이었다.

"안녕하세요?"

"도와주셔서 감사해요."

"아니에요. 좋은 일 하는데 당연하죠."

중년의 남자는 김나라의 말에 손을 휘저으며 말했다. 어떻게 알았는지, 몇몇 기자들도 보였다. 공중파에서도 왔는지 카메라를 들고 이 광경을 찍고 있었다.

중년의 남자는 신기한 듯 주변을 바라보았다.

"학생들이 많네요?"

"네, 대학생들이 가장 많고 고등학생도 있어요."

힘을 쓰는 일임에도 불구하고 여자의 비율이 많았다. 건우의 팬이라는 유대감이 있어 분위기는 아주 화기애애했다.

중년의 남자가 김나라에게 시선을 돌렸다.

"이번 노래 들어보셨죠?"

"당연하죠. 하루에 30번은 더 들어요. 오면서도 듣고 왔어요."

"저도 그런데… 저는 이번 노래 들으면서 팬이 되었어요. 사업 실패 때문에 하루하루가 우울하고 그랬는데… 위로받는 느낌이랄까, 그런 게 확 오더라구요. 하핫! 요즘에는 좋은 일도 생기고 살맛 납니다."

건우의 아름다운 모든 것들은 요즘 가장 많이 들리는 노래였다. 라디오에 하루에 몇 번씩은 나왔고 길거리에서도 들렸다.

김나라는 수능을 앞두고 힘이 되었다는 학생들의 의견이 가장 흐뭇했다. YS대표 석준은 언론사에 건우가 팬들을 위해 만든 노래라고 말했다. 팬들은 그게 고마워 더욱 건우의 데뷔

1주년을 빛내주고 싶었다.

김나라는 주위를 둘러보았다.

서울의 화려한 모습과는 다르게 이곳은 판자촌이라 불렀다. 차량이 더 이상 들어갈 수 없을 정도로 길은 좁았고 경사가 졌다. 건물은 금방이라도 무너질 것처럼 보였다. 이런 곳에서 겨울을 난다는 것은 무척이나 힘든 일일 것이다.

"자자! 힘냅시다! 안전사고 조심하세요. 절대 무리하게 들지 마시구요."

"네! 와! 역시 선생님이네요."

분위기는 훈훈했다. 보여주기식이 아닌, 진짜 봉사 활동이었다. 리어카를 끌고 밀며 좁은 골목으로 들어섰다. 연탄뿐만 아니라 식료품들도 나르고 집들도 청소해 줄 예정이었다. 식료품 같은 경우에는 익명의 회원이 큰 금액을 써서 직접 기부해 주었다.

일렬로 쭈욱 서서 연탄을 옮겼다. 사람이 많다 보니 그렇게 어렵고 힘든 작업은 아니었다.

"아이고, 정말 고맙네."

이곳에 살고 있는 할머니가 눈시울을 붉히면서 김나라의 손을 꼭 잡아주었다. 팬들은 건우를 위해 한 봉사 활동이었지만 큰 만족감을 느끼고 있었다. 김나라는 회원들과 2만장이 넘는 연탄을 옮기고 식료품을 들고 가장 외진 곳에 있는 집부터 찾아갔다.

"계세요?"

낡은 나무문을 두드리자 안에서 인기척이 났다.

"누구요?"

"아, 청소 좀 해드리려고 찾아왔어요. 음식과 연탄도 드리고요."

간신히 몸을 움직이는 노인이 문을 열고 나왔다. 거동이 불편해 보였다.

"안녕하세요?"

"추운데 여까지 왜 왔어."

"들어가도 되죠?"

"그럼."

노인은 안으로 안내했다. 김나라와 회원들이 모두 들어가기에는 너무 좁았다. 방바닥이 차가웠다. 김나라는 식료품을 잘 정리해 드리고 청소까지 했다. 보수가 필요한 부분은 추후에 다시 방문해서 고치기로 결정했다.

다 끝났음에도 김나라는 쉽게 자리를 뜨지 못했다. 오랜만에 온 손님 덕분에 웃음 짓고 있는 노인이 마음에 걸려서였다. 결국 김나라는 노인과 잠시 이야기를 나누다 가기로 했다.

"교사라고?"

"네, 고등학교 교사예요."

"그럼 똑똑하겠네. 허허. 음, 근데 그건 누구여? 이건우?"

노인이 김나라의 조끼에 써진 이름을 보고 물었다. 이건우 자원봉사단이라고 써져 있으니 궁금한 모양이었다. 김나라는 건우에 대해 설명해 주었다. 건우 때문에 이렇게 자원봉사를 하게 되었다고 하자 노인은 박수까지 치며 좋아했다.

"참 좋은 양반이네. 처자도 참 대단혀."

건우를 칭찬해 주니 김나라는 자신이 일인 것처럼 기뻤다. 그러다가 핸드폰을 꺼내 건우의 사진을 직접 보여주었다.

"근데 이 양반이 노래도 부른다고? 뭐시여, 그럼 텔레비에도 나오는겨?"

"네. 들어보실래요?"

"허허."

김나라는 건우의 노래를 틀었다. 노인이 듣기에는 어떨지 몰랐지만 그래도 분명 좋게 생각하리라는 확신이 있었다. 김나라와 노인은 나란히 앉아 조용히 노래를 들었다.

노래가 흘러나오는 가운데 조용한 시간이 이어졌다. 평온하고 따듯한 그런 시간이었다. 차갑게 식어 있는 방 안에 온기가 느껴지는 것 같았다.

노래가 끝나갈 때쯤 노인은 깊은 숨을 내쉬며 눈을 감았다. 깊은 주름을 따라 눈물 한 방울이 떨어졌다.

노래가 끝났음에도 노인은 눈을 뜨지 않았다. 깊은 생각에 빠진 것처럼 한동안 그렇게 있었다.

"좋네. 좋아."

"그렇죠?"

노인은 그것 외에 별다른 말은 없었다. 차가웠던 바닥도 어느새 따듯해졌다.

많은 말을 하지는 않았지만 그녀는 노인의 고된 삶이 느껴졌다. 김나라는 노인의 손 위에 그녀의 손을 살포시 올렸다.

"손이 참 곱네."

노인은 환하게 웃으며 그렇게 말했다.

마음이 절로 따듯해졌다.

김나라는 꼭 봉사 활동이 아니더라도 개인적으로 찾아와야겠다고 생각했다.

*　　　　　*　　　　　*

건우는 디지털 싱글로는 큰 활동 계획이 없었다.

방송 활동보다는 내년 상반기 정규 앨범 발표를 목표로 열심히 달리고 있었기 때문이다. 그리고 들어오는 작품들도 꾸준히 검토하는 중이었다.

건우는 욕심이 많았다. 건우는 노래와 연기, 둘 다 정점에 이르고 싶어 했다.

배우로서 어느 정도 입지를 다졌으니 이제 가수로서의 명성을 얻을 차례였다. 그리고 그 시작이 대단히 좋았다. 건우의 예상을 훨씬 뛰어넘는 반응이었다.

대외적으로는 팬들을 위해 만든 곡, 그리고 가수로서의 시작을 알린 곡이 바로 '아름다운 모든 것들'이었다.

공중파의 뮤직센터, 음악뱅크에서 2주 연속 1위에 올랐는데, 방송 출연 없이 1위를 거머쥐었다. 아이돌 중심으로 출연하는 음악 방송이기도 했고 건우가 방송 활동에 큰 의미를 두고 있지 않았기 때문이었다. 아직까지는 배우라는 이미지가 훨씬 강하기도 했고 말이다.

방송 출연, 홍보를 전혀 활동하지 않았음에도 음원 판매량에서 다른 후보들을 압도해 계속해서 1위 후보에 오르고 있는 실정이었다. 이후에는 순위에서 서서히 밀릴 테지만 그래도 이 정도 성과는 대단한 것이었다. 덕분에 건우는 네티즌 사이에서는 생태계 교란종, 또는 아이돌 분쇄기라는 좋은 의미이기는 하지만 다소 과격한 별명을 얻게 되었다.

이미 건우는 가창력으로도 독보적이다는 평을 듣고 있었다. 흔히 말하는 가요계 4대 천왕과 동급, 아니, 그 이상이라는 말들이 많았다.

건우는 사옥에서 린다가 작업한 곡을 듣고 있었다. 정규 앨

범에 대한 윤곽은 나왔다. 3곡은 건우가 쓴 곡으로 할 예정이
었고 나머지는 석준과 린다가 채울 계획이었다.

"어때?"

"진짜 좋기는 한데 좀 어렵지 않을까요?"

"근데 너는 부를 수 있잖아."

"음……."

"딱 너만을 위한 곡이야. 이번에 발표한 싱글 반응도 장난
아닌데 결정타를 날려야지. 생각만 해도 짜릿하네."

린다의 눈이 초롱초롱했다. 본인이 직접 가이드 녹음을 했
는데, 듣기가 가히 좋지는 않았다. 린다는 프로듀싱, 그리고
작곡가로서의 능력이 출중할 뿐이지 가수로서는 아니었다. 그
렇지만 역시 곡 자체는 훌륭했다. 난도가 엄청나게 높기는 하
지만 말이다.

딱 보면 누가 부를 수 있을까 하는 구성이었다. 고음이면
고음, 호흡이면 호흡, 그리고 테크닉적인 부분에서도 난도가
상당히 높았다. 린다가 오직 건우만을 위해서 만든 노래였다.
명곡이 될지 무리수가 될지 현재로서는 누구도 알 수 없었다.

"건우야, 근데 너 영화는 안 찍냐?"

"영화요?"

"엄청 제의 왔었잖아. 봉운호 감독이 노골적으로 립 서비스
를 하기도 했고."

얼마 전에 봉운호 감독이 언론 매체와의 인터뷰 중 같이 작업하고 싶은 배우 1순위로 건우를 뽑았다. 검토 중인 시나리오가 있는데, 같이했으면 하는 바람을 내비쳤다. 물론 아직까지 연락이 오지는 않았지만 말이다.

석준도 차기작을 한다면 드라마보다는 영화 쪽으로 진출하기를 바랐다. 중국 쪽에서 영화 제의가 왔었지만 첫 영화는 신중하게 결정하고 싶었다. 물론 일단 정규 앨범 작업을 끝내고 나서의 이야기이지만 말이다.

"제의가 오면 검토해 봐야죠."

"우리 YS에서도 천만 배우가 나왔으면 좋겠다. 진희 씨도 영화 쪽에서는 쪽박이었잖냐. 근데 너라면 할 수 있을 것 같아. 내가 그래도 외국물 좀 먹었는데, 너 같은 놈은 한 번도 못 봤어. 넌 진짜 외계인 같은 거 아니냐?"

"하하, 과찬이십니다."

"보면 볼수록 잘났어. 어우, 내가 남자인 게 다행이다."

린다의 눈에는 신뢰가 가득했다. 린다는 유명한 외국의 뮤지션들과 작업을 하기도 했다. 건우와 같은, 아니, 건우와 비슷한 뮤지션을 본 적이 없었다.

그는 건우에게 작곡과 프로듀싱, 그리고 여러 가지 최신 미디 설비들에 대한 것들을 가르치며, 건우의 능력을 직접 경험해 알고 있었다. 린다는 어딜 가더라도 건우를 두고 천재라고 부르고 다녔다. 린다는 인맥이 엄청나게 넓기로 유명했는데, 그런 그의 말 덕분에 건우는 순식간에 천재로 등극했다.

물론, 일반인에 비하면 천재이기는 했다. 그러나 보통 천재와는 개념이 조금 다른, 무공이 만들어낸 후천적인 천재였다. 건우가 린다와의 미팅을 끝낸 후 집으로 돌아가려 할 때였다.

스마트폰이 울렸다.

시그널 뮤직의 유진렬이었다.

저번에 슈퍼 케이팝스타 예고편에 우연히 출연하게 되었을 때 번호를 교환했던 것이 생각이 났다. 개인적은 친분은 없었지만 석준과는 꽤 친한 사이인 것 같았다. 슈퍼 케이팝스타의 심사위원도 석준 덕분에 들어간 것이니 말이다.

─안녕하세요? 건우 씨, 통화 가능하시나요?

"네, 대표님."

─하하, 대표는 무슨, 그냥 형이라 불러요.

"아… 예."

시끄러운 소리를 들으니 술자리인 것 같았다. 옆에서 석준의 목소리도 들려오는 듯 했다.

─다름이 아니라… 아니, 이 형이 계속 건우 씨를 감추고 있잖아요. 신비주의도 좋은데, 한번 나와주셔야 하지 않겠어요?

─건우야, 들을 것도 없다.

─뭘 들을 것도 없어, 이 형 참… 가수라면 활동을 해야지! 그 좋은 노래를……

─우리 건우는 그냥 가수가 아니야!

석준의 목소리와 겹쳐서 들려왔다. 건우는 오늘 슈퍼 케이 팝스타의 탑 텐 선정 기념으로 회식이 있다고 했던 석준의 말이 떠올랐다.

건우는 처음부터 신비주의 컨셉이기는 했다. 마스크 싱어나 뛰는 녀석들 같은 굵직한 것만 한두 번 나갈 뿐이었고 큰 활동은 하지 않았다. 그게 오히려 이미지에 도움이 되었다.

어쨌든 건우는 가수이기는 하지만 배우이기도 하니 말이다. 예능 활동을 통해 이미지가 고정되어 버리면 배우로서의 생명이 짧아지는 것이 사실이었다. 예능 프로는 적당히 나가면 홍보와 인지도 상승에 큰 도움이 되지만 그 이상은 독이었다. 아이돌 같은 경우에는 큰 상관이 없었지만 배우일 경우에는 달랐다.

너무 잘생겼다는 장점, 그것이 배역 선택에 있어 단점이 되어버릴 수 있는 지금, 다른 이미지까지 굳어진다면 차기작의 선택 폭은 좁아질 것이다. 세상에 쉬운 일이 하나도 없었다.

건우가 활동을 하지 않는 데는 이런 이유도 있고, 앨범 제작 활동에 집중하고 싶다는 건우의 의견도 한몫했고 말이다. 정규 앨범이 나온다면 방송보다는 공연 위주로 할 예정이었다.

—그러니까, 제가 진행하는 프로에 한번 나와 줄 수 있나요?

"아… 그거라면 혹시……."

—네, 뮤직노트요. 원래 제가 직접 섭외 전화 같은 건 아예 안 하는데, 건우 씨의 라이브가 너무너무 듣고 싶네요.

—야, 여기 YS 대표가 있는데… 감히, 읍읍!

석준은 조금 취한 것 같았다.

"알겠습니다. 일정은 이후에 다시 이야기하는 것으로 해도 괜찮을까요?"

—당연하죠! 하핫!

건우는 승낙했다. 석준도 건우가 나간다고 하면 말릴 생각이 없을 것이다.

—좋아요! 건우 씨, 지금 이리로 오실래요?

"죄송합니다. 지금 좀 먼 곳에 있어서……."

—아, 형 옆으로 좀……!

—크흐! 건우야, 형이 임마! 사랑한다! 형이 말이야! 너무 사랑해!

아쉽다는 유진렬의 말이 이어졌다. 건우는 유진렬의 이야기를 듣다가 술에 취한 석준의 넋두리까지 꽤나 긴 시간 동안 들어줘야 했다.

통화를 마치고 난 건우가 살짝 한숨을 내쉬고 있을 때 밖으로 나온 린다가 건우를 이상한 눈으로 바라보았다.

"뭐야, 안 갔냐?"

"아… 이제 가려고요."

"아니야, 기왕 이렇게 된 거 한번 녹음해 볼래? 분명 엄청날 거라니까. 수많은 명곡들이 이렇게 탄생했지. 특히 오늘 같은 밤에! 지금 세상의 모든 기운이 이곳으로 몰려오고 있어!"

"네?"

"가자! 빌보드로! 너와 나라면 할 수 있을 거야. 크흐! 빌보드 1위 프로듀서! 좋네! 좋아!"

"네……."

린다는 넓은 인맥을 지녔지만 의외로 외로움을 많이 타는 모양이었다.

린다는 조금 특이하다는 것만 빼면 좋은 사람이었다. 건우와는 완전 반대되는 성향이라 의외로 잘 통하는 느낌이 들기도 했다.

결국 건우는 린다와 밤새 작업을 해야 했다.

7. 유진렬의 뮤직노트

유진렬의 뮤직노트는 공중파에서 하는 음악 프로그램이었다. 가수들이 나와 노래를 부르고 토크를 하는 형식이었는데, 늦은 밤에 하는 것치고는 꽤 시청률이 나왔다.

　좋은 노래를 들을 수 있고 가수와 하는 토크도 꽤 재미있었기 때문이다.

　요즘 유진렬이 슈퍼 케이팝스타를 통해 이미지가 엄청 좋아졌기 때문인지 시청률이 더 오르고 있다고 한다. 그는 본래는 작곡가였으나, 몇 년 전부터 기획사를 차려 제법 이름난 가수들을 배출해 내고 있었다.

그에 비해 석준은 그다지 큰 변화가 없었다.

아쉬운 부분이 보이면 불같이 비평을 한다던가, 독설에 가까운 말들은 화제가 되고는 있긴 하지만 석준이 원했던 대로 이미지가 좋아질 리 없었다.

건우가 딱 예상한 대로였다. 그래도 참가자들에게는 두터운 신뢰를 얻고 있었다.

건우는 오랜만에 방송 활동을 위해 NBC 신관 공개 홀에 와 있었다.

유진렬이 직접 전화하면서까지 섭외를 했고, 약속을 했으니 나가는 것이 예의였다.

건우는 출연료를 모두 기부하는 형태로 유진렬의 뮤직노트의 출연을 결정했다.

팬들이 벌인 봉사 활동이 화제가 되었는데, 거기에 숟가락을 얹는 형태였지만 그래도 좋은 이미지에 절정을 찍을 수 있을 것이다.

일종의 투자인 셈이지만, 그 의도가 어찌 되었든 기부를 한다는 사실은 변함이 없었다.

건우는 대기실에서 큐시트를 보며 일정을 확인했다. 유진렬은 건우의 단독 편성을 요청했지만, 건우의 출연 시간을 늘리는 것으로 합의를 봤다고 한다. 물론 단독 편성을 할 수 있는 이름값이 되긴 했다. 하지만 그러기에는 사실상 그의 곡은 단

하나뿐이라 여러모로 무대 구성이 애매했다.

건우도 단독 편성은 부담스러웠다.

'사랑스러운 커플 특집이라······.'

커플인 사람들만 추천해서 방청권을 준 모양이었다. 출연 가수 편성을 자세히 보니 이번 여름에 데뷔한 신인 가수와 YS 의 샤인이 앞에 있었다.

건우도 언뜻 듣기는 했지만 누가 출연하는지는 관심이 없었 다. 건우가 출연한다고 하니 여러모로 합의를 본 흔적이 보였 다.

'사랑을 속삭여 줄 가수.'

그런 컨셉으로 섭외가 되었다고 했지만 끼워 맞추는 느낌이 강했다. 주제가 조금 의아하긴 했다.

아무튼 뮤직노트에 출연한다는 것이 기뻤다. 가수에게는 의미가 있는 무대였기 때문이다.

뮤직노트는 가수라면 누구나 출연하고 싶어 하는 무대였 다. 어느 정도 인지도가 있어야 출연할 수 있었는데, 출연한 것만으로도 가요계에서 궤도에 올랐다는 것을 알려주었기 때 문이다.

'나도 가수로 섭외되었지.'

그게 기뻤다. 뮤직노트는 오로지 가수들만이 설 수 있는 무대였다.

배우나 개그맨의 출연이 아예 없는 것은 아니었지만, 음악성으로 인정을 받아야 했다. 그것도 다름 아닌 무수한 발라드 명곡을 만들어낸 유진렬에게 말이다.

'오늘 하루는 길겠네.'

리허설부터 시작해서 본 녹화까지 마칠 때쯤이면 아마 꽤 늦은 시각이 될 것이다. 오후 2시부터 리허설이 시작되었다. 보통 순서는 드라이 리허설, 카메라 리허설 그리고 녹화의 순서였다.

드라이 리허설은 보통 편한 차림으로 불 꺼진 무대에서 노래만 부르는 것이었다.

이때 제작진, 무대감독, 그리고 세션들과 함께 무대와 동선을 조율하고 사전에 합을 맞춰보는 것이었다. 당연히 카메라가 돌아가지 않았다.

반면 카메라 리허설은 본 녹화 때와 마찬가지로 헤어, 메이크업, 의상을 모두 하고 진행되는 리허설이었다. 카메라도 실제로 돌아간다. 유진렬의 뮤직노트는 생방송이 아닌 녹화 방송이었는데 화요일 날 녹화하면 그 주 금요일에 바로 방송되었다.

똑똑!

대기실에서 큐시트를 보고 있을 때 노크 소리가 났다. 문을 열고 들어온 사람은 유진렬이었다. 건우는 유진렬인 걸 확인

하자마자 바로 인사했다.

"안녕하세요? 죄송해요. 제가 먼저 찾아뵈었어야 하는데……."

"어우, 아니에요. 오늘은 내가 일정보다 빨리 온 거죠. 아! 오늘 건우 씨 리허설 하는 거 다 보려고요. 라이브가 어마어마하다는 소문은 익히 들었습니다."

드라이 리허설 때는 유진렬이 참여하지 않았지만 건우 때문에 녹화 시간보다 일찍 온 것 같았다. 유진렬이 건우의 손을 꼭 잡았다.

"아! 노래 잘 듣고 있어요."

"감사합니다. 괜찮으시면 말씀 편하게 해주세요."

"하하, 그럴까요? 그 전에 같이 사진 한 번만 찍어주세요. 우리 애들한테 자랑 좀 하게. 건우 씨 만난다니까 아주 난리가 났어요."

건우는 흔쾌히 유진렬과 사진을 찍었다.

대기실에 앉아 이야기를 나누기 시작했다. 유진렬은 건우가 대하기 힘든 어마어마한 선배였지만 분위기는 편했다. 조금 점잖은 석준을 대하는 것 같기도 했다.

"진짜 대단해. 나 요즘 네 노래밖에 안 듣잖아. 아무것도 손에 안 잡히더라. 좀 충격이었어. 네가 작사 작곡 다 한 거지? 올해 몇 살이라고?"

"스물넷이요."

"전부 다 가졌네. 와, 부럽다."

"하하, 너무 칭찬만 해주시는데요."

"당연하지. 그래야 나랑 나중에 작업하지 않겠어? 아! 기왕말 나온 거 내가 만든 곡도 보내줄게. 부담 없이 들어봐."

유진렬은 사업적인 마인드가 아니라 순수한 음악인으로서 건우를 크게 인정하고 있었다.

건우는 그런 유진렬의 마음이 대단히 고마웠다. 타인에게, 그것도 유진렬 같은 대선배에게 인정받는다는 것은 대단한 기쁨이었다.

한동안 유진렬과 이야기를 나눴다. 요즘 슈퍼 케이팝스타에서 건우의 노래를 부르다 망신이 당한 사람이 한둘이 아니라고 한다. 특히 석준이 불같이 화를 냈다고 하는데 건우가 다 미안해졌다.

"네가 가왕 때 부른 노래도 그렇지만… 특히 아름다운 모든 것들을 부르다가 엄청 깨졌지. 가창력 보여주는 데만 급급하더라고. 편곡하기도 까다롭고 말이지."

가왕의 노래는 부를 수 있겠지만 아마 아름다운 모든 것들은 힘들 것이다. 곡을 망치는 걸 극도로 싫어하는 석준이 화를 낼 만했다. 건우 역시 비슷한 기분이기는 했다. 어설프게 편곡해서 이도저도 아니게 만든다면 실망을 할 것이다.

유진렬이 나가자 다음에는 신인 가수와 샤인의 멤버들이 찾아왔다.

건우도 신인이었는데 그래도 선배라고 이렇게 대기실에 찾아오니 기분이 묘했다.

건우의 데뷔가 빨라 선배였지만, 연습생 시절까지 생각해 보면 선배라고 폼 잡기는 힘들었다.

건우는 엄격한 선후배가 있는 문화를 좋아하지 않기도 했다. 서로서로 존중하는 것이 제일 좋았다.

"안녕하세요? 선배님!"

"네. 안녕하세요?"

예전에 연습생으로 보았던 소녀들이 건우 앞에 서 있었다. 모두 얼굴은 알고 있었다. 하연의 경우는 예전에 도움을 줘서 알고 있었고 미나는 저번 일 덕분에 알고 있었다.

모두의 눈이 초롱초롱했다. 딱 봐도 건우가 선망의 대상이 되어 있었다. 그게 너무나 티가 나 부담스럽기까지 했다.

잠시 침묵이 내려앉았다.

건우는 딱히 친분이 있는 것이 아니라 무슨 말을 해야 할지 몰랐고 그녀들은 건우를 보는 것만으로도 넋이 나간 걸로 보였다. 그나마 내성이 있는 미나를 제외하고는 모두 건우에게서 시선을 떼지 못했다.

그 시선이 불편할 법도 했지만 이제는 익숙해져서 딱히 신경 쓰이지는 않았다. 같은 소속사라는 것 때문에 동질감도 느껴지기도 했고, 어쨌든 석준을 생각해서라도 잘 챙겨주고 싶었다.

그래도 아이돌답게 붙임성이 좋았다. 도시락을 직접 싸왔는지, 하연이 수줍은 미소와 함께 커다란 도시락을 건네주었다.

"이거 받아주세요!"

"직접 만드신 거예요?"

"네, 그… 감사의 표시로……."

"감사요?"

건우가 의아한 표정을 짓자 이야기를 해줬다. 건우가 섭외되면서 샤인도 이 무대에 서게 되었다고 한다. 실력파 아이돌이 아니고서는 잘 설 수 없는 무대였는데, 덕분에 소원을 이뤘다고 좋아했다.

"고마워요. 잘 먹을게요."

곱게 쌓인 도시락은 딱 봐도 엄청 컸다. 게다가 보온병에 국까지 담겨 있었는데, 정성이 느껴졌다. 물어보니 스케줄로 바쁜 와중에 시간을 쪼개서 만들었다고 한다.

하연이 핸드폰을 들고 꼼지락거렸다. 무언가 말할 듯, 말 듯 멤버들을 바라보았는데, 멤버들은 서로 옆구리를 찌르며 말을 미뤘다.

건우가 어렵기는 한 모양이었다. 건우는 몰랐지만 건우는 연예인들의 연예인이라 불리고 있었다. 신비주의 전략이 그것에 한몫을 했다.

건우는 이들이 무엇을 원하는지 대충 눈치챘다.

건우가 먼저 사진을 찍자고 하자 샤인은 기다렸다는 듯 건우의 양옆으로 우르르 몰려와서 사진을 찍었다. 찍은 사진을 보니 꽤 친해 보이게 나왔다. 나름 SNS에서 화제가 될 것 같기는 했다.

"그럼 선배님, 저희 가보겠습니다!"

"네. 무대 기대할게요."

그녀들이 모두 나가자 한차례 폭풍이 몰아친 것 같은 기분이었다.

건우는 도시락 뚜껑을 열어보았다. 딱 봐도 정성이 듬뿍 담긴 도시락이었다. 하트 모양으로 만들어져 있는 떡갈비가 특히 인상적이었다.

'승엽이랑 먹기에도 많아 보이는데……'

요즘 인기 가도를 달리고 있는 아이돌에게 애정이 느껴지는 도시락을 받으니 기분이 묘해졌다.

건우는 피식 웃었다.

아무튼 좋은 게 좋은 거였다.

건우는 순조롭게 리허설에 들어갔다. 그러면서도 앞 순서에 있는 샤인에게 이런저런 도움을 주었다. 가창력이 뛰어난 하연이 먼저 솔로곡을 부를 예정이었는데, 단독 무대는 처음이라 그런지 굉장히 긴장하고 있었다.

"도와드릴까요?"

"앗, 선배님. 가, 감사합니다."

괜한 참견일 수도 있겠지만 세션들이 모두 마스크 싱어 때의 세션이기도 해서 좋게 조율할 수 있었다.

건우의 귀가 워낙 좋아서 그런지 조금 시간을 들여 무대를 조정했다. 조금 까다로울 수 있는 주문이 있었지만 그들은 흔쾌히 건우의 의견에 따라주었다.

건우는 오늘 앙코르곡까지 4곡을 부를 예정이었다. 원곡이 있기는 하지만 그래도 건우의 버전으로 많이 알려진 달빛 호수 OST와 마스크 싱어 때 부른 곡, 그리고 온전한 건우의 곡인 아름다운 모든 것들이었다. 준비한 앙코르곡은 팝송이었다.

유진렬은 건우의 리허설 무대를 모두 지켜보았다. 카메라 리허설까지 있었으니 두 번 본 것이 되었다.

잠시 대기실에서 기다리자 방청객들이 공개 홀에 가득 찼고 사전 MC가 나와 분위기를 띄웠다. 듣기로는 건우가 출연한다고 알려진 후에 방청 티켓 경쟁률이 꽤 높아졌다고 한다. 마스크 싱어 이후로 음악 활동을 거의 하지 않은 건우의 라이브 무대를 보기 위함이었다.

마스크 싱어 때 건우의 라이브를 들은 사람들이 그때의 무대를 아주 과장되게 소문을 퍼뜨려 놓아 더 그런 면도 있었다.

'들으면 기절한다', '오줌을 쌀지도 모른다', '벼락을 맞은 것 같다' 등등 과장된 부분이 있기는 하지만 여타 무대와 차별성이 느껴지는 것은 사실이었다.

건우의 라이브는 TV로 보는 것보다 훨씬 좋았다. TV로는 아무래도 감정의 공명이 약해졌기 때문에 현장에서 듣는 것만 한 감동을 느끼기 힘들었다. 그만큼 라이브에서 느낄 수 있는 감정의 공명은 아주 강렬했다.

건우는 대기실에서 순서를 기다렸다. 대기실에는 조그마한 TV가 달려있어 녹화가 진행되는 것을 볼 수 있었다. 건우는 그것보다는 승엽이 녹화해 준 자신의 영상을 모니터링했다. 스마트폰으로 녹화한 거지만 요즘 워낙 성능이 좋다 보니 참고할 만했다.

'좀 뻣뻣한데?'

음공을 사용하고 있기에 굳이 몸을 움직이면서 부를 필요는 없었지만 적당한 제스처는 취해주는 것이 좋을 것 같았다. 라이브 무대는 시각적인 것도 중요하니 말이다.

약간 기계적으로 보이기까지 하니 조금 오버하는 것도 무대를 풍성하게 보이게 하는 데 도움이 될 것 같았다.

건우는 자신의 차례가 되자 무대 뒤로 이동했다. 방청석을 가득 채운 방청객들을 보니, 가슴이 두근거렸다. 정신이 살짝 붕 뜬 기분이 되었다.

아직 무대에 서지 않았는데 중독될 것만 같은 짜릿함이 있었다. 어쩌면 가수들은 이러한 기분 때문에 무대를 떠나지 못하는 것인지도 몰랐다.

건우는 내공을 돌리며 그러한 기분들을 털어냈다. 최대한 집중해서 노래를 부르고 싶었기 때문이다. 샤인의 멤버들이 퇴장하고 유진렬이 무대 위로 나왔다.

"이분을 섭외하려고 제가 진짜 엄청난 공을 들였습니다. 소속사 대표님한테 얼마나 졸랐는지 모르겠네요. 결국 모실 수 있었습니다!"

"오오……."

"와아!"

벌써부터 방청객들의 기대에 들뜬 목소리가 들려왔다.

"대한민국 대표 미남 배우지요? 그러나 이제는 대세 가수라 불러야 할 것 같습니다. 여러분, 큰 박수 부탁드립니다. 이건우 씨입니다!"

유진렬이 빠져나가고 무대가 어두워졌다. 건우가 무대 위로 오르자 늘 그렇듯 환호가 쏟아져 나왔다. 건우는 웃으면서 방청객들에게 살짝 고개를 숙여 인사했다. 노래가 시작되지도 않았지만 방청객들은 건우에게서 눈을 떼지 못했다. 존재하는 것만으로도 시선을 끄는 것이 바로 건우의 무서운 점이었다. 건우가 내력을 돌리기 시작하자 방청객의 시선을 마구 빨아들였다.

건우는 첫 곡으로 달빛 호수 OST를 부르기 시작했다. 마스크 싱어 때와 다른 점이 있다면 힘을 빼고 편하게 부른다는 것이었다.

기선 제압을 위해 감정의 공명을 과하게 쓰거나 원곡을 변형하는 등의 행위를 할 필요는 없었다.

오롯이 지금의 감성대로, 지금 느끼는 대로 부르는 것이다. 같은 연기라도 할 때마다 다른 것처럼 노래 역시 그러했다. 그런 부분에 있어서 노래와 연기는 서로 통했다.

건우의 발전된 목소리는 그야말로 분위기를 압살해 버렸다. 대한민국 최고의 세션들의 연주가 유난히 작게 들릴 만큼 엄청난 파괴력이었다.

건우는 편안하게 불렀지만, 방청객들은 이 앞에 있었던 모든 무대가 어떤 무대였는지 모두 까맣게 잊어버리고 말았다.

건우의 라이브 무대는 그야말로 충격 그 자체였다.

"감사합니다."

노래를 마친 건우가 웃으면서 그렇게 말하자 방청객들이 열
띤 호응을 해주었다. 오히려 마스크 싱어 때보다도 더 방청객
들과 가까워진 기분이었다.

무대 위에 의자 두 개가 세팅되었고 유진렬이 마치 팬인 것
처럼 박수를 치며 빠르게 달려 나왔다.

자리에 앉아 본격적으로 토크가 시작되었다. 본래 토크의
비중이 크지는 않았지만 건우의 경우에는 비중을 확 늘렸다
고 한다.

"뮤직노트에 오신 걸 환영합니다. 와아!"

"하하, 감사합니다."

건우가 웃으며 대답하자 유진렬은 감탄하며 고개를 설레 내
저었다.

"와, 여러분 진짜 장난 아니죠?"

"네!"

"아니, 오죽했으면 CG라고 소문이 나겠어요? 게다가 노래도
어후, 진짜 이기적인 남자네요."

유진렬이 부담스러울 정도로 금칠을 해주었다.

"그런 말씀 마세요. 제가 아무리 잘나봤자 선배님만 하겠습
니까?"

"하하핫! 뭐, 저도 왕년에 엄청났죠. 저도 배우할 걸 그랬나 봐요."

"우-우-우!"

"참나!"

건우의 말에 유진렬이 그렇게 대답했지만 방청객들은 야유까지 던졌다. 확실히 건우와 비교가 되기는 했다. 유진렬은 마른 체형이었는데, 그리 잘생긴 스타일은 아니었다.

"일단 고품격 음악 토크쇼이니만큼 음악 이야기를 빼놓을 수 없겠는데요. 배우 활동을 하시면서 엄청난 가창력을 선보여서 화제가 되었는데 이제 가수로서도 활동을 시작하시는 건가요?"

"사실은 배우가 되기 전에도 노래를 부르고 다녔죠. 활동은 꾸준히 하고 있었습니다. 그러니 앞으로도 해야겠죠?"

"어우, 그럼 활동을 좀 하세요! 아니, 얼굴 보기가 이렇게 힘들어서야 되겠나요? 그렇죠?"

유진렬이 방청객들을 보며 말하자 방청객들이 맞다고 소리치며 박수를 쳤다.

"이번 신곡에 대해서 이야기를 해보죠. 아! 저는 처음에 딱 들었을 때 충격을 받아서 한동안 꼼짝도 못했어요. 이건우라는 친구가 우리나라에서도 손가락 안에 꼽히는 가창력을 지녔다는 것은 이미 증명이 되었는데……."

"감사합니다."

유진렬은 이번에는 립 서비스가 아니라 진심을 말하고 있었다.

"작곡 실력도 진짜 수준급이시네요. 이번 디지털 싱글 아름다운 모든 것들의 작사 작곡도 직접 하셨다고요?"

"네. 서툴러서 많은 도움을 받았죠. 예상보다 많은 분들이 사랑해 주셔서… 감사합니다."

"건우 씨 말씀대로 처음 만든 곡이 진짜 많은 사랑을 받고 있지요. 저도 요즘 만날 듣고 있습니다. 뭔가 듣고 있으면 평온해지는 느낌? 마음이 편안해지는… 그런 게 있어요."

방청객들의 호응은 좋았다. 건우가 손짓이나 미소를 지을 때마다 호응이 터져 나왔다. 유진렬이 그걸 아주 부럽다는 듯 바라보았다.

"어떤 과정이 있었는지 말씀해 주실 수 있나요? 저도 작곡하는 입장에서 진짜 궁금합니다."

"꿈을 꿨어요."

"네?"

"굉장히 행복한 꿈이었는데, 거기서 누군가 노래를 불러주더군요. 제가 느낀 그 기분을 많은 분들께 들려 드리고 싶었어요. 원래는 정규……"

건우는 말하다가 잠시 말을 멈췄다. 정규 앨범에 대한 이야기는 비밀이기는 했다. 건우가 그냥 넘어가 달라는 듯 유진렬을 바라봤는데, 유진렬이 씨익 웃었다.

"정규 앨범이요?"

"와아아!"

유진렬의 말에 방청객들도 크게 반응했다. 건우는 난감한 표정을 지었다.

"언제 나옵니까?"

"아… 뭐… 언젠가는 나오지 않겠어요?"

"알겠습니다. 아마 지금 많은 팬들이 난리가 났을 것 같네요. 저희 뮤직노트에서 최초로 전해 드리는 겁니다. 저도 참 기대가 되네요."

건우는 그저 웃음으로 넘길 뿐이었다. 유진렬이 만족스러운 웃음을 지으면서 다음 주제로 넘어갔다.

"이건 저희 작가진들이 꼭 좀 질문해 달라고 부탁한 건데요. 얼마 전에 가장 목소리가 좋은 연예인 1위에 뽑힌 거 아시나요?"

"아, 제가요?"

"캬, 이 중저음의 매력… 아, 제가요? 제가요?"

유진렬은 목소리를 깔면서 건우의 대답을 따라해 봤다. 방청객들이 웃음을 터뜨렸다.

"아, 음, 죄송합니다. 아니, 이런 목소리인데 어떻게 그런 폭발적인 고음이 나올까요?"

"하하……."

"건우 씨는 그냥 웃는 건데 여기저기서 꺄아악 하는 소리 나오는 거 들으셨죠?

"감사합니다."

건우의 목소리는 달콤했다. 자연스럽게 뿜어져 나오고 있는 내력에 섞여 사람의 마음을 편안하게 해주었다. 건우에게 누구라도 호감을 가질 수밖에 없었다.

"그래서 건우 씨의 목소리를 들으며 잠들고 싶다는 분들이 참 많았는데요. 그래서 자장가 한번 부탁드려도 될까요?"

"와아아!"

"아! 기타도 드릴까요?"

대본에 있기도 했고, 카메라 리허설 때 미리 입을 맞춰본 일이었다. 모른 척, 그리고 당황한 척해야 했다. 어려움은 전혀 없었다. 건우는 배우였기 때문이다.

건우는 기타를 건네받고는 유진렬을 바라보았다.

"제가 애인이라고 생각하고 하시면 감정이입에 도움이 되겠네요."

"음, 네. 노력해 볼게요."

"연기하실 때 이런 경험 있지 않나요?"

"좀처럼 없습니다."

건우는 피식 웃으면서 기타 줄을 퉁겼다. 기타를 잡은 것만
으로도 건우는 그림이 나왔다.

건우는 본래 가볍게 치려고 했지만 기왕 이렇게 된 거 살짝
음공을 선보이기로 했다. 건우는 즉석에서 느릿한 연주를 했
다. 기존에 대중적으로 알려진 자장가를 변형한 것이었는데,
좀 더 밝은 느낌이었다.

"오오오!"

건우의 기타 실력은 딱 봐도 보통이 아니었다. 건우는 가사
를 직접 말하기보다는 허밍으로 불렀다.

건우의 목소리는 듣는 이들의 마음을 잔잔하게 어루만져
주는 듯했다. 유진렬도 눈을 감고 건우의 목소리에 마음을 맡
겼다. 방청객들도 하나둘씩 편안한 마음이 되어 건우의 목소
리에 빠져들었다. 피로가 잔뜩 쌓인 방청객은 잠깐 졸기까지
했다.

건우가 기타 연주를 마치고는 입을 떼었다.

"잘 자요."

직접 하는 건우도 오글거리는 멘트였다. 그러나 건우의 목
소리를 직접 들은 이들은 그렇게 생각하지 않았다.

건우가 기타를 내리자 유진렬이 눈을 뜨더니 엄지를 치켜
들었다.

"어우, 저도 잘 뻔했네요. 진짜 불면증에는 특효약일 것 같

습니다."

"오글거려서 죽을 뻔했네요."

"하하, 기왕 오글거리신 거 '별그용'에서 나왔던 그 대사 한 번 해주세요. 너, 빨래 잘하냐? 나랑 살래? 똑같죠? 제가 성대모사 좀 하거든요."

"아… 네. 그런 것 같네요."

그 후로도 많은 대화를 나눴다. 편집될 대화까지 생각해 봐도 상당히 많은 분량임을 알 수 있었다.

"많은 분들이 이건우 씨를 두고 배우인가 가수인가 하며 싸우기도 하고 그랬는데요. 연기를 하면 배우고 노래를 부르면 가수지요. 굳이 한쪽으로 구분하는 건 의미가 없다고 생각합니다. 앞으로 만능 엔터테이너로 우뚝 서길 바라봅니다."

"감사합니다."

"그럼 준비된 무대를 끝으로 유진렬의 뮤직노트를 마무리하겠습니다. 모두 감사드립니다."

유진렬이 마무리 멘트를 하고 무대 밑으로 내려갔다. 건우는 노래를 부르기 위해 무대 중앙에 섰다.

이 노래를 많은 방청객 앞에서 부르는 것은 처음이었다. 아름다운 모든 것들의 첫 공식 라이브였다.

기대감이 가득한 방청객의 눈빛을 받으니 건우의 눈꼬리도 곱게 휘어졌다.

뮤직노트에 나오길 잘했다는 생각이 들었다. 정규 앨범이 나와도, 연기 활동은 계속하고 공연 위주로 할 생각이었기에 이런 방송 무대에 설 일은 분명 적을 것이다.

"모두 좋은 일만 가득하길 바랍니다."

건우가 환하게 웃으며 진심을 담아 그렇게 말했다.

건우는 방대한 내력을 개방했다. 건우의 내력은 '별을 그리워하는 용' 이후로 계속 늘어나고 있었다. 과거 천하를 호령했던 무공들도 이 속도에 비할 바가 아니었다.

두 실험 대상을 통해 획득한 경험도 내력을 운용하는 데 많은 도움이 되었다. 내력이 퍼져 나가며 건우의 존재감이 무대를 꽉 채웠다.

국내 최고 수준의 세션, 그리고 자신만을 바라보고 있는 방청객들. 무대 뒤에서 건우를 지켜보고 있는 유진렬의 시선도 느껴졌다.

'콘서트… 나만의 무대를 가지고 싶네.'

단독 콘서트.

관객과 직접 공명하고 소통할 수 있는 무대를 갖고 싶었다. 이미 꿈이라고 생각했던 자신만의 곡을 만들었으니, 이후에 그런 무대를 가질 수도 있을 것이다.

정규 앨범 발매, 그리고 연기와 병행하니 언제가 될지는 모르겠지만 언젠가는 단독 콘서트의 주인공이 될 것임을 건우는 확신할 수 있었다.

건우가 무대를 지배하며 아름다운 모든 것들을 불렀다.

완벽하게 발현된 감정의 공명은 천천히 관객들의 마음속에 스며들었다.

건우가 보통 사람이었다면 자신의 비주얼에 가려져 노래 실력이 그다지 화제가 되지 않았을 것이다. 실제로 건우의 비주얼을 보러 온 방청객들도 처음에는 건우에게 눈이 고정되어 있었지만, 노래가 시작되자 나른한 듯 두 눈을 감고 건우의 목소리에 푹 빠져 버렸다.

배우 이건우는 연기 실력뿐만 아니라 외적인 부분도 많이 차지했지만 가수 이건우는 오로지 목소리였다.

방청객들의 얼굴이 편해졌다.

직장 때문에 스트레스를 받는 사람, 사람 관계에 지친 이들, 마음이 외로운 자들.

건우의 노래를 듣는 이 순간만큼 모두 평온한 마음이 되었다. 그건 모두에게 마법같이 느껴지는 일이었다. 음원이나 뮤직비디오로 들었을 때보다도 훨씬 강력했다.

'왜… 라이브를 들어보면 질질 싼다고 한지 알 것 같아…….'

'아…….'

'정화된다.'

'행복해!'

방청객 모두 이 순간만큼은 근심 걱정을 잊어버렸다.

소문으로만 듣던 건우의 라이브는 방청객들이 생각했던 것 이상이었다. 마음을 울린다는 말을 생전 처음으로 경험해 본 방청객도 있었다.

"하루가 또 시작되니까……."

건우가 마지막 가사를 내뱉고 마이크를 내렸다.

앞자리의 방청객들이 감동을 주체하지 못하고 기립 박수를 쳤다.

건우는 한동안 그 자리에 우뚝 서서 박수를 즐겼다. 방청객들의 마음이 색채와 기운의 흐름이 되어 느껴졌다. 그것은 무엇과도 바꿀 수 없는 짜릿한 쾌감이었다.

바로 준비된 곡이 이어졌다. 마스크 싱어 때 부른, 그야말로 달리는 곡이었다. 흥겨운 기타 연주가 폭발하자 방청객이 환호성을 질렀다.

건우가 앉아 있는 방청객들을 향해 일어나라고 손짓했다. 공개 홀은 순식간에 건우의 콘서트장이 되어버렸다. 방청객들의 호응은 이미 절정이었다.

모두 건우에게 완전히 마음을 열고 있었다. 건우는 마치 조련사처럼 관객들의 마음을 조종했다.

일상의 스트레스를 모두 날려 버리는 화끈한 무대가 이어졌다. 이곳에 있는 모두는 이제 건우에게서 벗어날 수 없을 것이다.

"와아아아!"

"앵콜! 앵콜!"

쏟아지는 환호 소리.

난생처음 받아보는 앙코르 세례는 감동 그 자체였다.

"감사합니다. 이렇게 해주시면 제가 곤란… 하지 않고 참 좋
네요. 그럼 앙코르곡 가겠습니다."

그렇게 건우의 뮤직노트 출연은 엄청난 박수와 환호 속에
서 마무리되었다.

『톱스타 이건우』 5권에 계속…

초대형 24시 만화방

신간 100%, 샤워실, 흡연실, 수면실(침대석), 커플석, 세탁기 완비

■ 광명 광명사거리역점 ■

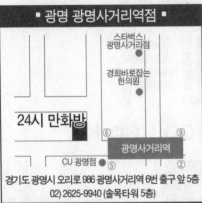

경기도 광명시 오리로 986 광명사거리역 6번 출구 앞 5층
02) 2625-9940 (솔목타워 5층)

■ 강북 노원역점 ■

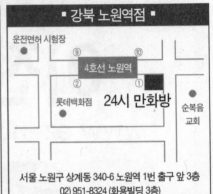

서울 노원구 상계동 340-6 노원역 1번 출구 앞 3층
02) 951-8324 (화용빌딩 3층)

■ 일산 정발산역점 ■

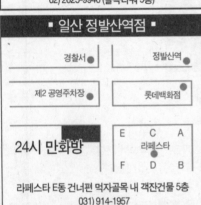

라페스타 E동 건너편 먹자골목 내 객잔건물 5층
031) 914-1957

■ 일산 화정역점 ■

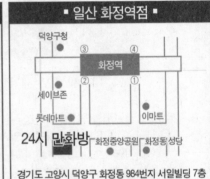

경기도 고양시 덕양구 화정동 984번지 서일빌딩 7층
031) 979-4874 (서일사우나 건물 7층)

■ 부천 역곡역점 ■

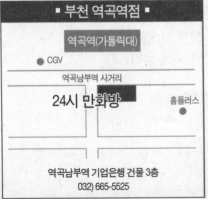

역곡남부역 기업은행 건물 3층
032) 665-5525

■ 부평역점 ■

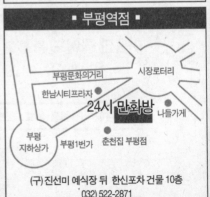

(구)진선미 예식장 뒤 한신포차 건물 10층
032) 522-2871

FUSION FANTASTIC STORY

설경구 장편소설

저니맨
김태식

한 팀에서 오래 머물지 못하고
이 팀, 저 팀을 옮겨 다니는
저니맨(Joruney man)의 대명사, 김태식!
등 떠밀리듯 팀을 옮기기도 수차례.

"이게… 나라고?"

기적과 함께 그의 인생에 찾아온 두 번째 기회!

"이제부터 내가 뛸 팀은 내 의지로 선택한다!"

더 이상의 후회는 없다!
야구 역사를 바꿔놓을
그의 새로운 야구 인생이 펼쳐진다!

Book Publishing CHUNGEORAM

유행이 아닌 자유추구
WWW.chungeoram.com

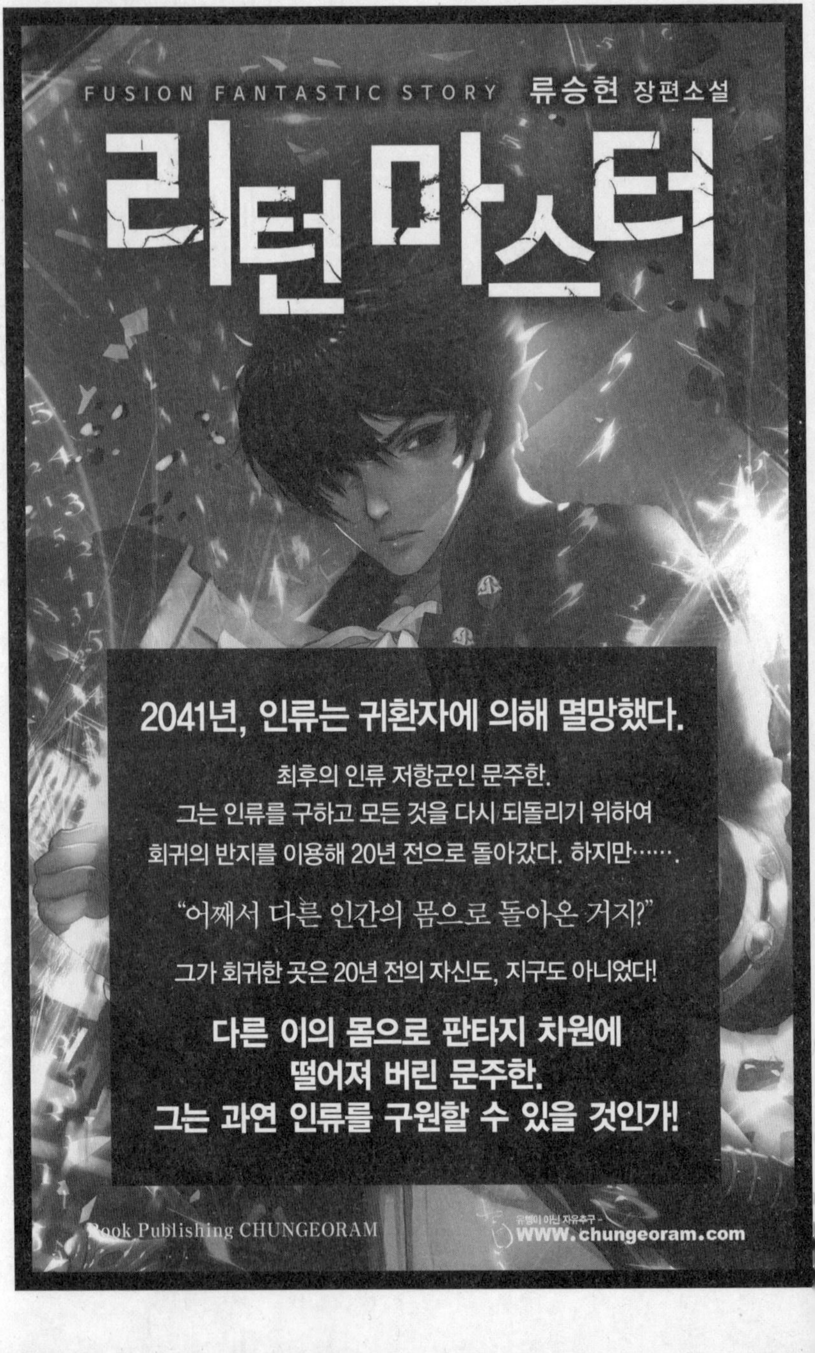

FUSION FANTASTIC STORY
류승현 장편소설
리턴 마스터
2041년, 인류는 귀환자에 의해 멸망했다.
최후의 인류 저항군인 문주한.
그는 인류를 구하고 모든 것을 다시 되돌리기 위하여
회귀의 반지를 이용해 20년 전으로 돌아갔다. 하지만…….
"어째서 다른 인간의 몸으로 돌아온 거지?"
그가 회귀한 곳은 20년 전의 자신도, 지구도 아니었다!
다른 이의 몸으로 판타지 차원에
떨어져 버린 문주한.
그는 과연 인류를 구원할 수 있을 것인가!
Book Publishing CHUNGEORAM
유행이 아닌 자유추구 -
WWW.chungeoram.com